經典
復刻版

司馬中原

紅絲鳳

司馬中原 著

目錄

紅絲鳳

紅絲鳳

如果你想聽懂這個故事，你必須先把北方當舖裏那些古老的規矩弄清楚，當然，你用不著像學徒那樣：先吃三年蘿蔔乾飯，從悠長的歲月中去打熬歷練，至少，你應該懂得那種行業裏古老規矩的一部份。

「三百六十行，行行出狀元」，這句俗語真有它的道理在，那就是說：無論哪一門行業，都有著它的奧妙，有著它的學問，典當這一行，尤其不簡單。

你可以靜靜的想一想，一家當舖，一旦豎起字號開了門，顧客就會拿了千種萬種的東西來求當，衣物、器皿、皮貨、古董、文物……，有些千奇百怪的玩意兒，是你一生從沒聽聞和眼見過的，但你沒有拒絕他典當的權利，那時候，你該怎麼辦？

好，容他典當罷？對方隨口說了個價錢，對於你就是一個難題，一次硬碰硬的考驗。

那些千奇百怪的當品，考驗了你的見聞，你的經驗，你的眼光，你的判斷力、估計力……一切的智力。假如一個顧客拿來一宗自稱為寶物的古玩，求當一萬銀洋，假如你不知它的年代、出處、真僞，你該怎麼斷呢？

好，照他所要的數額開票罷，結果那宗寶物是假的，白損失一萬銀洋不說了，你還有臉再吃這行飯嗎？要是你生恐受騙，還它一個最低的價錢——銀洋一塊呢？結果那寶物確實是真的，那，同樣鬧出天大的笑話來，人人會譏諷你孤陋寡聞，有眼無珠，錯將稀世的寶物當成廢物，那麼，這行飯你也同樣甭想再吃了！

——但你也甭擔心，這是朝奉的事情。

即使在一座繁盛的北方大城裏，掛出斗大的「當」字牌兒的當鋪有好幾十家，但真正做到朝奉的人，難得有三兩個。

通常，進當鋪學徒，滿了師之後，資質不高的，只能包一包當品，寫一寫當票；資質特別好的，才能容你升爲三櫃，三櫃在當鋪裏的地位，只能說比學徒略高一點兒，有權收當一些極平常的、不值幾個大錢的東西。

三櫃幹了一些時候，老師傅覺得你還有些見識，有些眼力，估値很準，沒發生過什麼差錯，也許會再提升你一等，叫你去掌二櫃。

當然囉，二櫃所看的貨色，就要比三櫃廣得多也難得多了，假如你沒有一套更深更廣的學問，只怕你一輩子也只能幹到二櫃爲止。

你要知道，進門來押當的，三教九流的人全有，有些不識貨的人，會把寶物當成舊貨當，你必須懂得，才能佔上便宜；有些恰恰相反，他們把假古董亮出來，存心要欺騙你，把它說成寶物，你得指出他的錯誤，看出貨色的毛病，從一些些與歷史不符的小地方，反覆鑑別研究，再定出正確的結論來，要把對方辯說得心服口服，自願按照你所定出的合理價格開票。這類的情形常常有，做到正確的估價，說來容易，做得到卻是夠難的。

通過二櫃這一關，少說也得五六個年頭，再升一等，你就是個很有些名望的頭櫃先生了，頭櫃先生，是典當業界公認的重要職位，若不是半生浸淫在裏面，不斷的磨練自己，你休想得到這個職位。

在那些資本雄厚，頗具規模的當舖裏面，除非有大票要開出去，二櫃做不了主，要頭櫃親自看貨，作最後鑑定之外，一般的當品是不用勞動頭櫃的。那就是說：一旦做了頭櫃先生，你就可以不要站櫃台，只是舒適安閒的坐在賬檯後面，監督著二櫃和三櫃，必要的時刻，用你深厚的經驗，廣博的見識，略加點撥他們。

但一個頭櫃先生，未必就能當得了朝奉！

朝奉在典當業界的地位，真要比讀書人裏的狀元還要高得多，也就是說，各地的頭櫃先生在集會時，認定哪一位做頭櫃的人，半輩子從沒看錯貨色，估錯價錢，而且他得要有各個頭櫃所沒有的特殊學養，對於各種珍玩古物的出處、來歷、真僞的鑑別，都有獨到之處，那，他才夠資格獲得大朝奉的稱號。

換句話說，一個朝奉，該是典當業界中的博士，有著他最高的地位和權威，對於各個當舖裏一切有了疑難的當品，全靠他們的判定，說一是一，說二是二，極少有產生錯誤的可能。

中國是個地大物博、歷史悠久的國度，歷朝歷代，不知遺留下多少極有價值的稀世珍寶？包含了商周時代的名貴青銅器，史前時代的石器，歷代的玉石、瑪瑙、珊瑚，名匠名師的雕刻物，各種稀有的陶瓷製品，各類文物如金石、字畫真跡、古硯、善本圖書，甚至於名臣的朝笏，名將的佩劍，各種流散在民間的貢物，入譜的珍珠，蟒頭上取來的夜光珠……一切經過傳說誇張但無法究其有無的寶物，都有在求當物品中出現的可能，所以，一個朝奉必須要深入了解民族的歷史和多種文化層面，他要有一個考古學家那種專門的知識，要有多方面的文與藝的素養，要有精敏、冷靜的頭腦，客觀的科學態度，他才能應付得了那許多可能出現的寶物。

一般說來，朝奉絕少有上櫃的，平常當舖營業的時刻，店舖的事務，全由頭櫃或二櫃監督處斷，朝奉只是端著擦拭得雪亮的水煙袋，在店舖後面的小暖房裏躺著，跟一兩位知己的好友——或者是當地知名的書法家、畫家、金石家，或者是古物鑑賞家——閒閒的談論著；也偶爾有別處沒有朝奉的當鋪，遇上稀奇不識、難以估價的當品，差人送過來請朝奉代爲鑑別的；也偶爾有各地的士紳豪富新買得的一些名貴的古董，下帖子邀請朝奉去鑑賞估評的。……總而言之，一個著名的老朝奉，他的地位早已經超出了典當那一行業，而被社會上看成是一個鑑賞家，和文化、藝術都有著密切的關聯。

至少至少，你必須記得這一點，你才能欣賞這個古老的、曾經發生在一個頗有規模的當鋪裏的傳說。

這是關於朝奉的故事。

「金滿成」當鋪，不但是北方這座大城裏最知名的一家當鋪，它的名氣更播遍了北方六七個省份。這家資本雄厚無比、規模極爲宏大的當鋪，座落在十字街口，高石級，灰磚房，一排五開間的門面，正中懸著一面斗大的「當」字牌兒。

舖子裏的陳設，是高雅而又輝煌的，鮮亮的紅漆廊柱坐在扁圓的石鼓兒上，是有雙人合抱那麼粗法兒，挺挺的撐持著這座業已衍傳了四個世代的老宅子，使它一點兒也沒顯出年深日久的沉暗和頹敗；朝街的門面，被一條長長的雕花拱廊護覆著，海昌藍的布帘兒下面，橫陳著貫穿三個開間的四截相啣的長櫃台；在營業的時辰，每截櫃台後面，各站有一位年輕、和氣、斯文氣很濃的三櫃，那幾個笑臉迎人的年輕人，長年穿著藍布的長衫，站得筆直的，正跟櫃外的紅漆廊柱成了鮮明的對比。

櫃台是紫檀木製成的，打磨光滑後，又加上一層閃光的褐漆，櫃身和櫃面，光亮得能映出人臉，櫃端立著一面黑底金漆長招，上面寫著「恤貧濟急」四個龍蛇飛舞的大字。長招前的碎瓷古瓶裏，常年供著不同的鮮花，使一種平和安詳的氣氛，播散到室內各處去。

另兩個開間，除了空出一道前出的過道之外，用紫檀雕花的木角虛虛分隔著，水磨磚的地面，鋪出古緻的花紋來，沿窗設有幾組堂堂皇皇的靠背椅，椅面是雲母石板，墊上紅絲絨的椅套，背板上鏤刻著草書的詩詞，——那是專供顧客們休憩的地方，那兒有兩隻盛滿煙絲的細扁子，有極品的香茗，有幾幅意韻高遠的山木條幅和幾盆出色的盆栽。

店堂朝後去，連接著七八進屋宇和院落，傳說當鋪的主人金滿成有數不盡的藏鏹，都放置在各房各屋的地窖裏，還沒有誰拿出什麼樣珍奇的當品，能使得鋪裏動用那份藏金。

真實說來，「金滿成」當舖確是做到了「恤貧濟急」這四個字了：有許多貧苦人家，把別家當舖不屑一顧的破舊物品送到這兒來，金滿成會笑著臉收下，開出當票來，給你一個滿意的數目。……變了色的皮毛筒子，生銅綠的手爐，古舊笨重的蠟燭台，錫製的龜形溺壺，暗褐色的山藤拐杖，使用過兩三個世代的水煙袋，無論是什麼，送到櫃上去，那幾個年輕的三櫃都不會有一點兒諷嘲和不屑的態度。

使金滿成當舖聲名遠播的，還不只是它恤貧濟急的精神，而是那舖裏有一位被典當業界認爲是珍寶古物的權威判斷者——李老朝奉。

李老朝奉的原名叫李尊陶，自幼就在「金滿成」當舖裏學徒，從三櫃，升二櫃，再升頭櫃，最後做到朝奉，沉潛在這一行業裏，足足有四五十年的光陰。他不單在眼見的珍寶、古物、文物上下功夫，使他由欣賞進入鑑賞，更遊歷各地，查考搜羅各類的圖書典籍，拜晤眾多古物鑑賞家，互相研討切磋，以增強他的鑑賞能力。

雖說他只是個大當舖裏的朝奉，他對這方面的學養甚且超過若干專研古董的學人。

有了李老朝奉這個人，各地的當鋪都有了穩固的靠山，但凡有疑難不決的當品，連其他朝奉們一時也難以判定它的真僞和價値的，就會暫時不寫票，只開出收據一紙交給典當的人，一面就把收下的當品，差專人送到「金滿成」當鋪裏來，央請李老朝奉過目，並且代定價錢。

李老朝奉的話總是權威的，說値一萬就値一萬，若是哪家當鋪資本短絀，可以用當品作押，票款由「金滿成」當鋪悉數代墊，所以說，「金滿成」不單是當鋪，同時又是當鋪中的當鋪。

李老朝奉之所以算得上權威，就因他這一生，在眾多當品的準確辨識和估價上，從來沒出過錯誤，——這是比什麼都難得的。

按照古老的當鋪的規矩，三櫃、二櫃，甚至頭櫃，都允許犯錯，唯有大朝奉不能犯錯，因爲凡是需要朝奉親自過目的貨色，都是價値極高的稀世珍物，一旦看走了眼，使當鋪受到的損失極大，朝奉丟了大面子，非逼得拱手退休不可！那些不知何時會出現的珍玩古物，時時都在考驗著每一位朝奉，沒有誰賣得老，充得內行，那考驗是猛烈無情的。

大體上說，凡是當朝奉的人，都懂得這一行業裏嚴苛的行規，他們無不誠懇虛心，時作百尺竿頭更進一步的鑽研，一方面體認學無止境的真諦，一方面珍惜著自己已具的聲名。但是，人的智慧學識畢竟有限，挑不起這種沉重的擔子，所以當朝奉容易，能保住聲名很難。多少年來，當鋪裏的朝奉不知出了多少，卻沒有誰能像李老朝奉這樣——年滿七十還沒有被難題考倒過。

當然，像李老朝奉這樣的人物，是不需要上櫃的；早年在「金滿成」當鋪裏跟他學徒的一群人裏，業已出了六七個朝奉，有的在陝西，有的在河南，有的在江蘇，有的在山東，都經一等的大舖子延聘，有了他們各自的聲名，但是，這位老朝奉還是像當年一樣，整日的探究鑽研。

「鑑賞古物固然是難，體驗人生更難。」老朝奉常跟那些鑑賞家說：「我們鑑賞古物，倒不是重在它的珍貴的價值，卻是要藉此弄清楚，爲人在世，應該怎樣求學問、做學問和用學問……」

正因爲李老朝奉有這個心意，一切珍奇古怪的東西，才會常常出現在「金滿成」當舖的櫃面上。

臘月裏的一個陰雨天，寒進人骨縫裏去的冷雨中，夾著一些稀稀落落的雪花，斜斜的打溼了灰青色石板舖成的街道，尖著腦袋的小風鑽過雨絲的細縫，落在藍布的門帘兒上，窩窩縮縮的躲雨，那一色海昌藍的布，被它們踩踏得懸空搖曳著。

櫃台裏面，有一種凝固了的寒冷。

天寒晝短，再加上陰雲低壓，風雨連綿，天色說晚就晚下來了；陰晦的暮色從屋外來，壓融入青著臉的粉牆，成一種黯色的蒼涼，染著人眼，也染著人心。

「亮燈啦！」年輕的三櫃韓光進朝後面喊著：「亮燈啦，玉寶。」那嗓音又粗啞，又急促，彷彿帶點兒不甚耐煩的味道。

韓光進是三個三櫃當中年紀較長、經歷較深的一個，在「金滿成」當舖裏苦熬了六年，才從學徒熬到三櫃，總以爲在「金滿成」這樣一家極有名聲的舖子裏，跟著李朝奉這種有學養的人物學藝，一定會學到很多；誰知六七年裏頭，李老朝奉沒開口教過什麼，訓過什麼，一切全任由做學徒的自己去看，自己去想，自己去做。

升了三櫃了，每天也接過很多收當的東西，多半是些舊貨，哪有什麼學問在裏面?!……也許不該這樣埋怨的，自己雖學著什麼辨識珍寶的智識，至少也從那些來典當的人和那些當品，學著了一些荒唐度日的窘困，以及窮途末路的艱難……。

這城市在久遠年月之前，想必經過一番辛苦的營建，那些海深的大宅子，高而威武的獅獸石雕，斗粗的抱柱和樑木，染著蒼苔的院牆，古老清奇的園樹，玲瓏剔透的假山，別有風情的涼亭和水閣，重重疊疊的飛檐。……那些營建家業的人，建這些，造那些，辛辛苦苦的忙碌了大半輩子，結果並沒享受幾年，兩眼一閉腿一蹬，全把那些留給了後世，滿以爲子孫們不但能守著護著它，更能榮宗耀祖，錦上添花。

至少在韓光進的眼裏，遠不是那回事兒。

有些命運不濟，窮愁潦倒，靠著典當爲生的人，常會把祖傳的寶物送上櫃台，大模大樣的誇耀他祖上許多久已過了氣的光榮，爲了掙得更高的價錢。也有些新近破落的人家，仍然顧全著臉面，進當舖不欲人知，都揀著入晚的辰光，鬼祟的沿牆打溜，瞅著附近無人，一頭栽進舖子裏來，連聲催著櫃上快些寫票。更有些吸鴉片的，酗酒的，流連花街柳巷的，不但把家私物品典當精光，癮頭上來的時刻，恨不得把一張人皮都脫下來送上櫃台。

當然，也有好些貧苦酸寒的人物來當文房四寶，或是一領長衫，那簡直跟古代賣馬的秦瓊，賣刀的楊志處境相同，使人整晚爲他們難過，……一文錢整死英雄漢，真是一點兒也不假。

「亮燈啦，玉寶！」

臘月寒天逢陰雨，正是求當的時刻，每到年根歲底，頭櫃先生總叮囑著，要多站兩個時辰的櫃台，其實不只是「金滿成」當舖，所有的當舖都是如此，一直要到起更，才上門打烊。

學徒的玉寶跑過來，手捧著剛剛擦拭過的煤油燈罩子，按照櫃裏櫃外、門口和客房的順序，把大樸燈、桌燈、馬燈和垂燈分別點燃起來。

青青的粉壁牆，藍藍的布帘子，在一片寒意裏被初燃亮的燈光推遠了，櫃台裏面有些空盪盪的，三個三櫃各守一截檯面，板板正正的坐在高腳凳子上，二櫃坐在三個人的背後，攏著小手爐烘火；頭櫃先生要舒服些兒，他半躺半坐的靠在賬桌背後的太師椅上，腳下的寬邊淺底的銅火盆裏，有半盆升得很旺的祛寒的炭火，不用回頭，能數得出他呼嚕呼嚕的吸了第幾袋水煙。

「今晚上有些反常，……好半天沒見有人了。」那邊的三櫃胡才飛說：「照說，陰雨天求當的人是很多的，當了寒衣換一壺熱酒，冷皮不冷骨。」

「雨嘩嘩的，又夾著雪采兒，只怕沒吃熱茶飯的人，都鑽進被窩餵蝨子去啦！」另一個三櫃羅二倫搭腔兒說：「沒錢買肚肺，睡覺養精神，除非有急用，天落黑之後，就不會再有人來了。」

韓光進沒說話，卻兀自搖搖頭。

這大城裏，形形色色的人很多，極難拿天寒陰雨判定什麼，真有急處難處的人不說了，就是酒鬼、煙鬼、賭鬼、色鬼，一時想著來當東西，只怕天上朝下落刀子也擋不住他們。

其實來人不來人也無所謂，沒有人來求當呢，幾個人就坐著講講古，談論些有關古物的傳言，把一晚的時辰挨過去，倒也並不寂寞。

自己初進鋪學徒時，一心想看一看來求當的寶物，這多年過去，當初那份心意早懶了，早時不說，單講這一年罷，頭櫃先生根本沒上過櫃，那些破舊傖寒的當品，使人不忍看，但又非看不可，這就是當三櫃的痛苦，——不是學著鑑賞寶物，卻總是體會艱困的人生，六七年來，飽飽學著的就是這些。

「客人上櫃——」

隨著玉寶的這一聲叫喚，韓光進打沉思裏驚醒了過來。玉寶挑起藍布門帘兒，進來的是一個穿著破舊藍布長袍的中年人，馬瘦毛長，一臉的酸氣，估量著若不是落第的文士，就該是團館的先生。那人頭上戴著一頂瓜皮帽兒，上面浸了不少的水珠，哈著腰走到櫃台外面，把一個用藍布包裹著的長包袱捲兒放在櫃台上。

韓光進仔細打量著他，發現這是一張陌生的臉；也就是說：他早先沒到「金滿成」來典當過東西。

當三櫃的人，就該有這種好記性，事實上，韓光進、胡才飛和羅二倫都具有這樣的好記性，無論來客怎樣多，哪怕是三年五載之前來過，他們都能記得，不單認識人，而且連他們曾經典當過什麼東西，都會記得清清楚楚。

而這位先生卻從沒到「金滿成」來過。

「敢問您這位先生，您可是？……」韓光進招呼說：「可是來……？」

「不錯，」那人說：「拎了包袱進當舖，不是求當幹什麼?!雨冷天寒的夜晚，甕裏沒糧，爐裏沒火，只有當東西，換幾文錢回去暖身塡肚了。」

韓光進把那尙沒解開的藍布長包袱看了一眼，就已經估量那裏面又是字畫一類的貨色，便虛謙的說：

「敢情您要當字畫？要二櫃看貨嗎？」

「那倒不一定，」那人說：「你先看了再說罷！」

韓光進笑著接過包袱來，卻暗暗的皺了一皺眉頭：通常在當舖裏，三櫃看貨最怕看古董文物之類的東西，因爲那些玩意兒有真品，有贗品，有值錢的仿製品和不值錢的仿製品，要得恰如其分的辨識它們，鑑定它們，估評它們的實際價值，更得要把那些東西的來龍去脈跟對方解說清楚，最好能讓對方心悅誠服的接受櫃上訂定的價錢，這些，決不是吹牛打謊、信口雌黃所能辦得到的，處處得靠真才實學。這對韓光進來說，算是一次考驗的機會，他一面打開那個包袱，一面說：

「是前人的字？還是畫？——哪朝哪代的？」

「是畫。」那個人說：「卻不是前人畫的，如今，這作畫的還活在世上，抱窮忍苦，捱餓受凍呢！」

韓光進原打算說什麼，話到嘴邊又嚥回去了，至少在「金滿成」當舖，不能在沒看貨色之前隨便開口得罪客人。按常理說，物以稀爲貴，一般値錢的字畫，多半是經過世代收藏的古物，很少有人拿當今之世的字畫來典當的，即使有，也得看看是不是當代名家的作品？……

並不是自己想得太傖俗，一個抱窮忍苦，捱餓受凍的畫家畫出來的畫幅，假如真能值錢，那麼他就不該那樣潦倒了！也許碰上一個終生鬱鬱的真才，書畫可以傳世，但這兒只是當舖，講的是一般價值和眼前價值，即使這幾幅字畫真有點兒份量，只怕也當不了幾文錢的了。

他帶著些悲憫什麼似的心情，緩緩的打開那隻藍布包袱，那裏邊露出三幅卷軸來。

「客間看座，倒茶來，玉寶！」韓光進這樣叫喚著，一面捧起那三幅卷軸，走出櫃台央那客人說：「請到客間歇著用茶，待我把幾幅畫好生瞧瞧，好向您多討教。」

「哪裏哪裏，」那人說：「不瞞你說，這幾幅畫，我也曾拿到別家當鋪去過，有兩家不肯出價，說是一文不值，有兩家只肯出一斗米的價錢。我的一個朋友告訴我，那是怪我走錯了地方，說是到貴舖來，這畫的身價就不同了，……我想，還是等你先看了畫再說罷。」

玉寶沏了茶來，又把客間的垂燈芯兒捻高了些，韓光進就著長條案，打開第一幅卷軸來。

那是一幅巨大的山水中堂，畫幅中的山林、飛瀑、流泉、樵徑，全是潑墨寫意爲之，墨色淋漓，或濃或淡，或暈或染，融剛於柔，兼師南北，筆情之縱恣直追八大，功力之深厚，不亞荆關（**即荊浩與關仝，均為五代時的大畫家**）。整幅畫的技法新奇，意境高遠，更有一股磊落之氣，耀人心目，使他被逼得屏住了呼吸。

端的是一幅好畫！韓光進的心裏暗自讚嘆著。即使是好畫又如何呢？這麼一轉念頭，可就是嘆多於讚了！於今之世，一般總是崇古薄今，一談到畫，就是先談歷代名畫記，談到歷代畫家彙傳，圖繪寶鑑，畫論和畫鑑，好像只有王維、李思訓、荊浩、關仝、李成、董源、巨然、米芾、米友仁、范寬、倪雲林、王翬、吳道子、項容、沈周、文徵明、唐寅、石濤、王原初……那幾十個名字值錢，若是遇上他們的一幅真蹟，成千上萬的銀錢豁出來搶購，假如不是這些大家，任你畫得再好，攤在路上求售，人們也都不屑一顧了！

這幾幅好畫的題署，已經決定了它的身價，「寒雲」，誰也沒聽說過這個名字！姑不論畫得如何，單憑這個生冷傖寒的名字，就怪不得別家當舖只肯出斗米的價錢了，倒不是畫不值錢，而是時人不值錢。

「這幾幅畫，你看過了？」那人說。

「我看過了！」韓光進拱手說：「我很佩服這位作畫的先生，的確是大家手筆。……您知道，我離鑑賞的程度還遠，只能說它很有份量。」

「嗯，有這句話就夠了。」那人說：「能否快些寫票呢？」

「那當然。」韓光進再拱手說：「不過，爲了尊重您的這幾幅畫，我想請二櫃來過過目，——也許您一時手上不方便，要多用些錢，二櫃的話夠份量些。」

「好罷。」那人說：「聽你的話，請二櫃看貨就是了！」

「那玉寶，」韓光進招呼說：「請二櫃看貨！」

二櫃手攏著小小的銅爐，踱過透雕的檀木格扇，到了客間來，一眼瞧見那幾幅攤開在條桌上的畫，不由驚詫的咦了一聲，接著又皺起眉頭說：

「看似南宗巨匠的水墨真蹟，只不知這『寒雲』是誰？……時人裏面，吳俊卿算是大家了，他的畫，跟這幾幅簡直不能比，不能比！」

「我只求您快些寫票罷，」那人說：「我這只是求當，不是來賣畫。」

「那麼，這位『寒雲』是？」

「就是在下。」那人聲音僵涼的說。

「啊！巨匠當前，我田恕人太失敬了！」二櫃躬身長揖說：「實不瞞您，您這幾幅畫，我還沒資格品評，……那玉寶，趕急請頭櫃先生來看貨！」

頭櫃先生手端著水煙袋過來，瞇著眼把那幾幅畫端詳了許久，開口就問起寒雲來，二櫃指著說：

「就是這位先生。」

頭櫃放下手裏的水煙袋，恭恭敬敬的長揖到地，然後吩咐說：

「擺酒待客，不要到日後被人譏笑，說當時在『金滿成』站櫃的都是瞎子，李老朝奉教過咱們：只認貨，不認名，這幾幅山水的意境、技法，都高！高！高！」

在「金滿成」當舖裏，值得頭櫃先生點頭稱許的東西，可說是少而又少，說是擺酒待客的，幾年來這還是頭一回，玉寶一聲傳喚過去，不多一會兒，酒菜就擺了上來。

「您的意思，想要用多少錢？」放下酒盞後，頭櫃親切的問說。

那人狼吞虎嚥的吃著，一面伸出三個指頭，含混不清的說：

「能給我這個數，就儘夠了。」

「敢情是三十塊銀洋？」羅二倫低低的在一邊插嘴說：「每幅畫要當十塊錢？」

「你甭亂插嘴。」韓光進用手肘抵抵他說：「有頭櫃先生在這兒，不須咱們開口。」

「那麼，一言爲定，算三百塊銀洋！」頭櫃先生用極爲爽快的聲音說：「光進，你去寫票兌錢來，二倫，你把這三幅畫用黃綾軟套套上，送到暖閣去，請老朝奉過目後，按號入庫。」

「『金滿成』到底是『金滿成』！」那人感喟的說：「不是那些只講蠅頭小利的地方！我一生沒賣過畫，也從沒看見過三百塊銀洋。……我不是因爲你們肯出價才說這話，委實這多年來，我沒遇著一個識貨的人，畫壇上儘多貪利爭名的蠢物，倒在當舖裏遇著懂得品評鑑賞的。」

「哪裏哪裏……比起李老朝奉來，咱們差得太遠了！」頭櫃說：「品評鑑賞不敢說，只能求其不負『恤貧濟急』這四字罷了。」

酒過三巡，韓光進三櫃手捧一隻大錢板進來，板上是三百塊疊放整齊的銀洋和一紙當票，那人正待伸手來接時，另一位三櫃羅二倫忽然跑了進來，手撣著肩頭的雨屑，慌忙的搖手說：

「遵老朝奉的囑咐，慢點兒寫票！」

那人一聽，頗爲尷尬的把剛伸出的手又縮了回去，連頭櫃和二櫃都顯出驚詫的神色。

過了一晌，頭櫃問說：

「二倫，那三幅畫，老朝奉親自過目了？」

「過目了！」

「我的意思是說：老朝奉有仔細看過？」

「很仔細。」羅二倫說：「老朝奉架起玳瑁邊的老花眼鏡，把每幅畫都看了半晌。」

「老朝奉親自囑咐你，慢點兒寫票的？」

「不錯，是他老人家親口囑咐的。」

「他老人家還說些什麼？」二櫃說。

「他說：三百塊銀洋不能收當！以這樣的三幅畫，出這樣的價錢，是瞎眼人的做法，會把『金滿成』這個金字招牌弄砸了的。」

「依他老人家的意思，該出多少？」

「三千！」羅二倫說：「整整三千塊洋錢！」

「好罷，」頭櫃先生毫不猶疑的說：「光進，重新寫一張三千塊銀洋的票子來，」接著又轉頭問那人說：「三千銀洋太重了，您若需現款，請留下住址來，我當會即時著人專程送過去，若要少數急用，其餘的，我可開出本地萬利錢莊的本票，您隨時可去提現。」

「不！」那人站起身說：「我忽然也想起一個主意，我的那三幅畫，不能當了！」

「不能當了?!」頭櫃朝後退了一步，簡直有些難以相信他自己的耳朵。三千銀洋，在當時實在是個嚇死人的大數目，它足夠買下一所宅院，或是開設一間像樣的店舖，也只有像「金滿成」這種有宏大規模的當舖，像李老朝奉這樣聲名赫赫的人物，才有魄力開出這種價錢來！

三千塊銀洋還不肯當，他該討價多少呢?!

「就煩頭櫃先生跟老朝奉致意罷，」那人說：「我寒雲雖然落魄潦倒，忍飢受寒，這幾幅畫還送得起，老朝奉這般看中它，我就把它們奉送給老朝奉了！」

他拱手說完話，逕自掉頭朝外走，頭櫃先生跟著留也留不住他，眼看他聳著瘦削的、微佝的雙肩，走進那一片冰寒的雨地裏去了。

「嗨！他真是個了不得的畫家！」頭櫃轉過臉說：「老朝奉的境界高，他比老朝奉的境界更高，人生有此境界，無怪那三千塊銀洋不值錢了！」

韓光進癡癡的坐回櫃邊的高腳凳上，回想著適才那一幕動人的光景，心裏充滿了感動，也滿塞著欲悲欲泣的哽咽……

一盞白地紅字的「當」字燈籠，攏著一圈兒迸騰著雨屑的寒煙，不住的旋移抖索著，彷彿經不得這人間世上的淒寒，那穿經寒雨的背影，早已在夜暗裏消失了，而那人的臉孔，卻像鐵烙般的印在這年輕的三櫃的心上。

不是由於那種孤傲的、淡泊的性格，那人不會成為一個不為世人所識的畫家，假如他不是這樣一個孤絕的畫家，他也就不至於在這樣冰寒的雨夜裏跑進當舖，他情願跟不識貨的人多掙三五塊銀洋，而當著識貨者，卻甘願把那幾幅卷軸奉送！

「客人上櫃——」玉寶又扯著喉嚨在那兒叫開了。

韓光進一抬頭，那位客人業已到了櫃台邊，和他臉對著臉。那人的身材很高，幾乎要高過韓光進一個頭，頭上戴著一頂很珍貴的熊皮筒子帽兒，帽緣的捲毛壓著逐漸變為霜白的兩鬢，估量他的年歲，約莫有五十好幾了。

他的衣著很夠考究：內穿天藍織錦緞的皮袍兒，外罩深藍直貢呢的幔袍，翻出兩截潔白的水袖，那氣派，簡直不像是跟當舖結緣的。

「您可是需要用錢來的？」

那人瞟了韓光進一眼，把一隻藍緞的長方形包裹細心的輕放在櫃台上面。

「不錯。」那人說：「請朝奉出來看貨。」

「您是說：要請李老朝奉？」韓光進一聽那人的口氣，簡直大得駭人，不由有些不安起來，只管搓著兩隻手，——他實在想不透那小小包裹裹，包的是怎樣稀奇的東西？非要李老朝奉看貨不可。

「好，煩你就去請李老朝奉出來看貨罷！」那人穩穩沉沉的說：「我這宗東西，只有到『金滿成』來才值價，我是衝著老朝奉來的。」

韓光進笑著，在神色上微露出爲難來。

「這樣罷，先生。」他說：「讓我們先把貨色看一看，要是估評得不合您的意，再去麻煩老朝奉罷。……請頭櫃來看貨怎樣？」

也許韓光進說話的嗓音略高了一些，頭櫃和二櫃都走了過來。

「您這位先生，請到客間用茶。」頭櫃說：「兄弟是『金滿成』的頭櫃，許奇文，敢問您尊姓大名？」

「我姓童，」來客說：「我是打開封來的，目前寄寓在這兒。」

「啊，童先生，您台甫是？」

「童仲元，」來客說：「實在說，平素我也不是典當的人，一時手邊缺著了，才把祖上留下的這宗物品送當，我是不識古物的人，不過聽祖上傳說，這宗物品倒是很值價，只有到貴舖來，求老朝奉過目，估評估評。」

頭櫃把這位姓童的來客央進客間，吩咐玉寶沏上茶來，這才說：

「老朝奉年紀老了，又遇著雨夜寒天，咱們作晚輩的，實在不敢多勞動他，還請您多原宥點兒，可否容兄弟先看看東西？」

「不。」童仲元固執的說：「還是請老朝奉他自己來看貨罷。」

頭櫃無可奈何的吸了一口氣說：

「光進，煩你到暖閣去一趟，看看老朝奉安歇了沒有？要是還沒安歇，我就陪這位童先生帶著東西到暖閣去，痲煩他老人家估評估評。」

「老朝奉還沒睡，」韓光進去了轉來說：「就請陪童先生過去罷。」

店舖後面的暖閣，實際上就是一個陳設雅靜的大書齋，兩邊靠牆列放著高與樑齊的紫檀木書櫥，櫥裏放滿了線裝書，一式水磨方磚舖嵌的地面，走著「米」字形的花紋，一面放著四把牛皮軟椅，相間著金漆小几兒，几面的瓷瓶裏插著帶溼的梅枝。

室中升著一整盆旺旺的炭火，火盆邊有一隻舖著塊虎皮的躺椅，那李老朝奉，手捧著帶棉套兒的錫湯壺，半躺半坐的歪靠在那兒。

屋裏很靜寂，只有大自鳴鐘擺錘的律動聲，伴和著緊一陣慢一陣的敲窗的雨聲，融合成一種冬夜特有的景致——爐火、暖室和窗外淒寒強烈的比映。

「這該是童先生罷？請坐，童先生。」來客進屋後，李老朝奉欠起身來，笑著招呼說：「真得謝謝您，大老遠的冒雨到敝舖來，賞給我一個觀摩古物的機會，……我雖說沉浸在古物堆裏過了一輩子，但終是野氣沒脫。」

「您不必這樣謙遜，」童仲元說：「現如今，我打開包裹，把帶來的東西奉請您過目罷。」

「要二櫃和三櫃來，一道兒見識見識。」李老朝奉站起身，放下錫湯壺說。

童仲元解開藍緞的包裹，裏面露出一層油紙包兒來，他小心翼翼的把那層油紙包兒放在膝頭上，再打開，裏面又是一層油紙：他一連打開四層油紙，裏面才露出一隻紫檀木的站盒兒，他就把這隻站盒送到李老朝奉的手上，笑著說：

「盒兒裏裝的東西很薄，極易碰碎的，還請老朝奉小心些兒。」

老朝奉點點頭，打開盒蓋，打裏面取出一件東西來，幾個人一瞅那東西，不由同叫出一聲：「啊咦」來！原來捏在老朝奉手上的，是一隻極白極細的瓶子，約有一尺六七寸高，瓶身直徑不過四寸左右。

這隻瓶兒稀奇的不在於它的白，而在於它白得透明，它似玉非玉，似瓷非瓷，並且具有一種神異的吸光作用，使瓶心裏彷彿亮起了一盞燈。

瓶在李老朝奉的手裏反覆旋轉著。

「我的老花眼鏡。」他說。

戴上了老花眼鏡的李老朝奉，足足把那隻瓶觀賞了半個時辰；在這半個時辰裏面，站在一旁的頭櫃和二櫃都沒有開過口，至於幾個年輕的三櫃，更沒有開口的份兒了……鑑賞古物是一宗大學問，那真是差之毫厘，失之千里，在沒有弄清這古物的來歷之前，開口就會鬧出笑話來的！別家當舖可以不講究這些，「金滿成」卻不能不講究。

看著李老朝奉那種審慎的態度，三櫃韓光進不由暗捏了一把冷汗。

這隻瓶兒看在自己的眼裏，有好些奇特的地方：首先是它的質地，究竟是玉呢？還是瓷呢？簡直很難分辨清楚，說它是玉罷？它不是和闐玉，不是藍田玉，近似古漢玉又實非漢玉，連產地都弄不清楚；說它是瓷罷？它不是出於景德御窯，不是出於龍缸窯，龍泉窯，哥、章二窯，即使是蔣起所造的樞府窯的精品，也難以比匹於萬一，……它的真正價值，遠在自己淺薄的知識之外，甚至遠遠超越了自己的聽聞。

頭櫃一直深鎖著眉頭，彷彿在極力思索著什麼？二櫃用手背抹著額角上沁出的汗水……眾人的眼光，都由那隻瓶上移到李老朝奉的臉上，希望能從他的神情變化，測出一些眉目來。

一分一秒的捱過去，李老朝奉那張嚴肅的冰結的臉，逐漸被一絲緩慢昇起的笑容融化了！

「嗯，是它……！就是它！」他喃喃的自語著。

「您是說，您弄清它的來歷了？」

「嗯。」李老朝奉嗯應了一聲，轉臉跟那位童仲元笑說：

「童先生，您打算用多少錢？」

童仲元也笑著，有意無意的伸出兩個指頭來。

李老朝奉卻鄭重的點了點頭，吩咐頭櫃說：

「替童先生寫票，撥銀洋兩萬！」

我的天！三櫃韓光進暗想著：什麼樣不得了的寶物，能值得上這許多洋錢?!兩萬銀洋甭說買這些玉瓶了，就是珍珠瑪瑙、鑽石珊瑚，也能買它幾箱呀！

「您是要現金?還是錢莊的票子?」頭櫃寫票後，拐來問說：「要現金，我如數撥了，著人使錢擔子挑去您點收；要票子，我立時就開妥。」

「開張票子罷。」童仲元說：「典當以一年爲期，到時候，我會來贖的。」

這一切都像是做夢一樣，使韓光進有些渾渾噩噩的感覺，直至那個姓童的揣走了一紙當票和兩萬銀票，他還不能相信這是真的……。

那隻瓶子究竟有什麼不尋常的來歷呢?!

而終於有了解答。

就在當天夜晚，當這宗極不尋常的當品要編號入庫之前，李老朝奉把「金滿成」當舖的主人從私宅接到舖子裏來，更著玉寶召集了舖裏的頭櫃、二櫃和三櫃，爲大家解說這宗稀世寶物的來歷。

暖閣的火爐加添了木炭，四盞添滿了油的座燈全都點亮了；那隻瓶子下面加墊了一層紅絲絨，愈顯得潔白晶瑩，光彩奪目，果然像是神品。

李老朝奉最先並不說它的來歷，只是讓大家先觀賞它，他說：

「東家一向相信我，這一回，我終算有幸遇上這宗東西，花區區兩萬銀洋把它留了下來。事實上，這瓶是無價的神物，舉世找不出第二隻來的。——你們先瞧著，心裏若有什麼疑難，儘可問我。」

「您老人家提起疑難，」頭櫃先生說：「我心裏的疑難可多了！首先，這瓶的質料，我就弄不清楚。照說，它看似透明，又能吸光於瓶腹，它該是美玉雕成的。」

「嗯。」李老朝奉嗯了一聲，轉朝二櫃問說：「恕仁，你以爲如何？」

「晚輩也以爲它是玉的。」二櫃說。

「你覺得怎樣？光進。」

韓光進被老朝奉一指到，不覺吃了一驚。

「學生不……不知道……」他說：「不過，學生以爲它不是玉的。」

「爲什麼你會以爲它不是玉的？」老朝奉一聽他這麼說話，便顯出饒有興致的樣子，反過來追問著。他臉上堆著親切和祥的笑容。

韓光進被那笑容鼓勵著，便放膽說：

「學生這不是任作鑑賞，只是一時興出來的怪念頭，這怪念頭，還是由您老人家的話引起來的。」

「啊！」李老朝奉說：「我說了什麼了？」

「您不是指它作『神物』嗎?!」韓光進恭謹的說：「學生在想，凡是『神物』，必定有迴異尋常的地方，這隻瓶子看似玉的，很多人也都以爲是玉的，如果它真是玉的，充其量它只是個寶物，不會是神物了!……學生私意是，玉是天生的，不過由人把它掘發出來，加以人工的雕琢，這價值終算有限的，真正值價的神物，應該是由人創造出來的才是。」

「喝！」李老朝奉聽他把話說完，這才捻著花白的鬍子，樂呵呵的點頭讚許說：「你真的有些見解!你的話，也真頗有幾分道理。」

「它究竟是玉還是瓷呢？」東家迫不及待的問說。

「正如光進所講的，它不是自然的純玉。」李老朝奉說：「要是玉，它就不值大錢了!……實在說，這瓶子非瓷非玉，也可說是亦瓷亦玉!它仍然是從窯裏由人工燒煉出來的，那人工太精緻，太神奇，而且只燒成那麼一次，所以我說它是神物……」

東家顯出大惑不解的樣子，甚至連頭櫃先生也皺眉沉思起來。

「敢問老朝奉，它的來歷究竟是？……」

「來歷嗎？直至如今，仍然是個謎，雖然也有人追索探究過，有過好幾種不同的論法，但在學理上，都不一定能站得住腳！……我為這幾隻瓶子，少說也下過二十多年的功夫了！」

空氣靜默了一會兒，聽的人都有屏息的味道，只有大自鳴鐘滴答的擺錘，搭配在窗外的雨聲，使這夜晚充滿了古老的神秘感覺。

「一共有八隻質地相同、紋式各異的瓶子，它們出現的年代並不太早，大約是南宋理宗寶祐年間的事，按照年代推算，要早於樞府窯一段時期，後來極負盛名的鑑賞大家鮮于樞，曾經鑽研過它們。這八隻瓶子，事實上是由一個終生研究陶瓷的文士魯坤，花費畢生精力燒製的，他碾玉為屑，研屑成末，就使用這種玉粉摻和一種透明的瓷土做原料，製坏形，……」

這是一個在感覺上極為遙遠的事情，書頁上從沒有記載過，也許是經由傳說的流佈，貫穿過若干年悠長的歲月，李老朝奉就根據這傳說廣加蒐證，執著了某些考據，才弄清它們的來歷罷？

「八隻質地相同的瓶子燒製出來之後，有八種不同顏色的透明的花紋。」李老朝奉指著那隻晶瑩透亮的瓶子說：「這隻瓶子，是八隻當中的最後一隻，也就是燒得最奇妙的一隻，它是魯坤一生心血的結晶，簡直可說是『天下第一瓶』了。」

「也只有跟著老朝奉，才能聽著這樣的奇聞，認識這樣的寶物，要不然，我們只能算是睜著兩眼的大瞎子罷了！」頭櫃慨嘆的說：「您想必還記得這八隻瓶子的名字罷？……說給我們聽聽，也好增長些見識。」

李老朝奉捧起他的水煙袋，取一根火紙媚兒，就著炭火引燃了，吸著說：

「這八隻寶瓶，全是按照花紋、顏彩的不同取名的，依照順序是金麒麟、紫雲雀、褐斑鹿、黃飛龍、白額虎、火鷓鴣、水鴛鴦、紅絲鳳。」

「那麼，這一隻是？……」

「紅絲鳳。」李老朝奉說：「以玉粉爲原料塑坯製瓶並不爲奇，奇就奇在每隻瓶燒嵌在裏面的花紋上！……你們瞧，這隻瓶迎著燈看上去，它是通體純白的，可當你側面背著燈再看，瓷面下邊，可不是有一隻鮮紅的鳳凰，牠的頭紋、羽毛、長尾，甚至爪鱗，都纖毫畢露，如繪如雕。牠決不像一般瓷器的燒青，塗藍、使用彩釉，牠是在瓶身裏面，藉著透明的瓶體影現出來！……這種燒製的方法，只有魯坤懂得，他之前，沒有人懂得，他死後五六百年，也成了絕響！」

「我真弄不懂，」東家問說：「這瓶上的花紋鳥獸，究竟是怎樣燒上去的？」

「我看過紅絲鳳，推斷魯坤當年燒製時，是用瑪瑙末先撒成圖形在坯裏，然後再撒上玉末，……總之，這是一件精緻到極點的功夫，由製坯到成瓶，非得兩三年的時間不可！……」李老朝奉長長的嘆息一聲說：「自從明代朱彝尊之後，就沒有幾個人知道魯坤和他這八隻寶瓶的了！……幾百年的寂寞，幾百年的淪落，如今，據傳八隻寶瓶裏的金麒麟，已落到東洋一個收藏家的手上，紫雲雀毀於金遼戰火，褐斑鹿和水鴛鴦落到阿拉伯王宮，黃飛龍和白額虎叫馮玉祥從清宮裏奪去，吞為己有。火鷓鴣到了英國的博物館，只有這隻最名貴的紅絲鳳，一向不知下落，想不到今夜會出現在咱們店鋪的櫃上！我半生鑽研這八隻寶瓶，可說是耗盡了心血，總算在垂暮之年，眼見著它了！……若論陶瓷古物，唯有這八隻寶瓶。八隻瓶兒當中，又推紅絲鳳最好，它的真價值，又豈是區區兩萬塊銀洋所能比得了的?!」

在三櫃韓光進的記憶當中，李老朝奉從沒像今夜這樣欣慰過，激奮過，從沒一口氣不歇的說過這許多話，當他用低啞的聲音，痛惜著國寶的散失，感慨著製瓶文士寂寞的時辰，他捧煙袋的手有些不由自主的抖索，他那雙包裹在鬆弛皺褶當中的老眼，也有些淒然的潮濕，……那飽含淚光的濕潤，像擴散的苔跡般的印在人的心上，使人有感於歷史的霉黯和荒冷。

說完了這番話，李老朝奉顯得很疲累的樣子，咻咻喘息著，重新躺回墊著虎皮的躺椅上去。

「我不知該怎樣感激老朝奉，」東家說：「您能識得這宗寶物，指出它的來歷，我沒道理吝惜那區區兩萬銀洋，甭說是受當，就拿來看這寶瓶一眼呢，總該算是夠了本了！像這種寶物，——千古難遇啊！」

「您老人家也該安歇啦，」頭櫃說：「這隻寶瓶，讓我來親自編號送庫罷。」

「慢點兒，慢點兒，奇文，」李老朝奉閉了閉眼，又睜開說：「讓你們仔仔細細的多看幾眼，多看這種寶瓶，是升高人的眼界的。」

藉著這隻稀世寶物入庫前的短暫的時辰，三櫃韓光進一直眼看著它，那隻或現或隱的鳳凰，彷彿浸浴在半透明的乳河裏，牠的顏色，有時被瓶面的白霧和反光掩住，有時卻看得異常分明，牠不是一幅平面的彩釉畫，而是凹凸的活嵌，牠的頭、翅和尾羽，在瓶頸到瓶腹之間旋轉繞纏著，雙爪踩在瓶底的邊緣上，在牠通身鮮紅絕豔的顏彩中，仍然分得出深紅、淺紅、丹紅、洋紅、紫紅、橙紅、桃紅、粉紅各色來，羽紋細密如絲絨，羽毛呈點狀，恍似櫻桃，各色時而相映，時而渾融，時而交閃流變，漾呈一種神異的華彩，……那簡直是不可思議的、奪取了天地造化的神工。

是夢麼？

明明知道這不是夢！

「魯坤……一個寒酸的文士……八隻由他終生心血結出來的寶瓶，千年的寂寞……」三櫃韓光進的心裏，一直在盤旋著這樣零星的意念，直到他入睡的時辰，那隻鮮紅如火的鳳凰的影子，還像在眼前閃爍著暈華。

幾個月在平靜裏流過，又是風暖春濃的時刻了。

春，在「金滿成」當舖的大院落裏，總是很豔很濃的；李老朝奉是個勤墾的愛花人，院落的四角植有好些翠竹和園樹，兩邊花壇上，種的有各類葳蕤茂密的春花，它們在老朝奉恆常的栽培灌漑之下，總是熱切的妝點著春日的美麗的容顏。

而幾個早起的三櫃，都是老朝奉澆花摘葉、分枝捉蟲的好幫手。

這天，李老朝奉在澆花時，看了看在一邊幫忙的韓光進說：

「韓三櫃，麻煩你請東家到舖裏來，我心裏有點事情，想跟他說一說。」

東家請來之後，李老朝奉又跟韓光進說：

「光進，煩你再請舖裏上下執事的人，一道兒到暖閣來，我也有幾句言語，要叮囑他們……。」

三櫃韓光進聽了話，敏感的覺出事情有些不尋常，因爲他摸得清老朝奉的脾氣，這許多年來，他從沒跟舖裏的人說過關於當舖裏的事情，諸如對各類物品的鑑別、估評、衡値什麼的，正因如此，才會使人覺得他今天有些反常，只是弄不清將有什麼事故發生罷了。

等到眾人來齊了，李老朝奉才朝東家拱手說：

「東家，這話到如今，我可不能不說了！……我李尊陶大半輩子都在『金滿成』，匆匆幾十年過去，我也是古稀已過的人了，這些年裏僥倖沒出過什麼岔兒，不過，這一回我卻有眼無珠，犯下了一宗大錯……那隻寶瓶紅絲鳳，經我仔細詰究，證實當初我估量有錯，——它……它實在是一隻假瓶！」

「假瓶？……怎會呢？……經老朝奉您親自過目了的東西，多年從沒出過一絲差錯的。」三櫃羅二倫在一邊說：「何況那隻瓶子，是經您一再品評過的。」

「嗨，」李老朝奉搖搖他銀絲閃燦的大白頭，平靜的嘆息著說：

「人的見識總是有限的，古人說：做到老，學到老，……即使學到老，又能學得多少?!我只是浸淫在古物堆裏的時辰久些，卻不是什麼古物鑑識的權威，拿有限的見識，去挑這付沉重擔子，哪能不出岔兒?!今天我說這話的意思，就是要按照咱們這一行的老規矩行事，——打今兒起，我辭掉朝奉，不再做了！」

老朝奉的聲音一直很平靜，但卻帶著一份抑鬱，一份蒼涼，彷彿令人感覺著一股洶湧激越的民族歷史巨濤，轟轟然的奔騰過悠遠時空，直打到人的心上。李老朝奉一生浸淫在籍冊裏，在生活的薰陶和環境的培養中，得到了飽滿的智識，當他面對這悠遠民族廣博無倫的文化創造時，他尚且自認淺薄，倍覺謙沖，何況不及他萬一的人呢?!

空氣僵涼了一晌，東家抬起頭來，安慰說：

「正如老朝奉您自己說的，人哪能沒錯?!……您呢，也甭把這事放在心上，您是大半輩子替『金滿成』創了信譽，立下了這樣難得的名聲，幾十年來，替『金滿成』掙來的豈止是區區兩萬銀洋?!這宗事，您忘掉它也罷！」

「東家說的是，」頭櫃先生接著說：「您老人家是『金滿成』的一把紅羅傘，有您在，咱們才有蔭涼，……以您如今的這種聲望，只要您不說這瓶子是假的，任誰也不能指陳出它是假的，何苦自己嘔苦自己呢？」

「不！」老朝奉絕決的說：「我覺得，不論是爲人、處事、做學問，都要誠實，要敢擔當，從古到今，沒有人騙得了天下人耳目的。」

「您……您當真就這樣離鋪麼？」韓光進的聲音是抖索的，充滿了淒楚的情感。

李老朝奉被這份情感染觸了，黯然的點了點頭，又轉向東家說：

「不是尊陶不願意再留，委實是沒有法子再留，……我不願在這宗事情上原諒自己。……那兩萬銀洋，以我目前的家境，當然一時墊還不起，不過，請東家寬限一段日子，我李尊陶就是毀田拆屋，也要分批奉還的。」

「這樣罷，」東家在執意挽留不成之後，轉圜說：「您即算執意離鋪，也不必三天兩日的急著就走，那位出當瓶子的童先生，當票的期限寫明一年，到時候，人家要來贖當，這瓶子也許不是假的，——誰會拿兩萬現銀換回一隻不值錢的假瓶呢？……假如到期他不來贖當，您再離鋪也不晚。」

「不必了，東家。」老朝奉說：「煩您發些帖子，把北五省的朝奉都請的來，容我把話說明白，……錯了就是錯了，何用再等一年?!」

金滿成當鋪裏面，上自東家，下至學徒，誰都曉得李老朝奉的脾氣——板上釘釘——駭的！他一旦把話說出口，決定怎樣，任誰也說不轉他。

事情就這麼定了……。

儘管李老朝奉怎樣怨責他自己，而東家卻沒批斷過他一個「不」字。爲了把這事辦得慎重，東家決定按照老朝奉的意思：遍請北五省所有的朝奉，約期到「金滿成」來，跟李老朝奉話別，同時說明，李老朝奉並不是長期離舖，只是年事已高，身體偶感不適，想暫回鄉間去養息養息，等到身子復元了，還會再回「金滿成」來的。

而韓光進心裏卻很明白，——令人衷心敬佩的李老朝奉一旦離開「金滿成」，根本就是不會再回舖的了……。

酒宴開設在「金滿成」中堂的大廳裏，北五省的朝奉一來來了幾十位，大廳裏席開八桌，在典當業界來說，這算是空前的聚會，一來因爲「金滿成」當舖的地位，一來也因爲李尊陶這三個字在同業中的聲望，他們才不憚遠途上車馬的勞頓，紛紛依時赴約。

宴席正中有一張巨大的圓桌，桌面上鋪一方紅色的絲絨，卻沒擺出一雙杯筷，這使那些遠道的來客都暗中納罕著，弄不清是什麼緣故?!

李老朝奉還沒有來，由「金滿成」的老東家親自款待客人，也沒有誰好問起這事來；「金滿成」的老東家，以及頭櫃許奇文，二櫃田恕仁，三櫃韓光進、羅二倫、胡才飛，都避著不提這個，只是說：老朝奉在驗庫，立時就會來了。

朝奉們聚在一道兒聊天，總會把珍玩古物、稀世文物當做話題，從金碧山水談到李思訓，從各類林泉談到郭熙，從北京瓷窯談到景泰藍，從今古名硯談到高鳳翰，從冶印談到西冷八家……

經過好一晌，三櫃韓光進才把李老朝奉攙扶到大廳裏來。

老朝奉手裏捧著一隻紫檀木的匣兒，進廳後，先把它捧放在正中那面方桌上，然後才拱手招呼說：

「若不是東家一番誠意，我李尊陶決不敢勞動諸位朝奉，就請入席罷。」

「老朝奉不是有病的麼?」一位朝奉低聲跟另一位朝奉說：「看樣子，一點兒也不像是抱病，那麼，老朝奉為什麼要離開『金滿成』呢?!」

「我想，也許出了點兒岔事，」那個呶呶嘴說：「你瞧見那邊桌面上的檀木匣兒了罷？要沒有事情，『金滿成』就不會憑空發帖子，把咱們從大老遠的地方請來了！……我知道老朝奉他的脾氣，等歇他會說明白的。」

肅客入座之後，李老朝奉並沒說什麼，只是勸大家多喝幾盅酒，多吃些菜，顯出頗為興奮快慰的神情。直至大家酒過三巡，他才站起身，舉著酒盞說：

「韓三櫃，煩你把那隻檀木匣兒打開，把那隻瓶兒亮出來，我有話要跟諸位朝奉說。」

韓光進打開那隻木匣，使那隻奇異的瓶子在眾多驚詫的眼光注視下，放立在桌面的那方紅色絲絨上。……那瓶子在大廳的暗色光線裏，迸發出萬千華彩，更使瓶裏的那隻鳳凰栩栩如生，有振翼欲飛的模樣！

這哪兒會是什麼假瓶?!甭說是在同行的眼裏，即使是一個外行人，也會一眼看出它是真正的寶物，——它是任何年代的名窯燒不出來的。

年輕的三櫃這樣癡癡的想著。

姑不論韓光進抱著什麼樣的想法，以他的年齡、輩份，三櫃的地位和短短的閱歷，此時此刻，根本沒有他說話的份兒，他只有把這個想法，暗暗的埋藏在心裏。

他退開幾步，背靠著一支立柱，靜靜的等待著李老朝奉開口，盼望聽聽老朝奉指陳這隻瓶是假瓶的道理，——按通例，辨別一宗古物的真僞，都要有充分的證據的。

李老朝奉舉著酒盞，緩緩的踱到大廳中間，手指著那隻瓶說：

「還請諸位多看看這隻瓶罷！……我想，也許諸位有更高的見識，讓我有個聆教的機會，使我在這最後的辰光，改變我的念頭……。」

「啊！——原來老朝奉請我們看寶來了！」河南「盛豐」當舖的朝奉說：「這隻瓶子能吸光，真是稀奇，……好像是鄉野上傳講的八隻寶瓶當中的一隻，可惜我記不清那些瓶子的名號來啦！」

「我聽說，幾個月前，『金滿成』收當了一隻寶瓶『紅絲鳳』，老朝奉出了嚇死人的高價，——兩萬銀洋，這瓶子裏有著一隻透活的火鳳凰，敢情就是它了?!」

「不錯，」由山東濟南「大通」當舖來的朱朝奉說：「咱們也聽人傳說過，說是這瓶子要是真的，能値十倍於兩萬銀洋的高價，……我真耽心北洋軍裏這許多附庸風雅的將軍師爺們會來硬討呢。」

「傳言太可怕了！」李老朝奉有些憤慨的說：「假如因我收當這隻瓶子，連累到『金滿成』，我怎能對得起東家?……我無法止得住傳言，還不如把它砸了的好！」

「砸不得，砸不得。」山東的朱朝奉說：「身價兩萬銀洋的瓶子，即使是假的，也値得留著，供人研探一番，我總覺一隻能令老朝奉看走了眼的貨色，一定到了幾可亂真的程度了！何況老朝奉看貨，一向沒出岔兒，這隻瓶定是真瓶呢！」

由於這隻寶瓶太稀罕了，大夥都不願錯過鑑賞的機會，紛紛離席而起，圍定那張桌面，議論著，品評著，沒有誰敢說它不是寶物——因爲經過李老朝奉鑑識過。等到大家都說過一番讚嘆的話，李老朝奉理著鬍子，用沉嗆的語調說：

「實不瞞諸位，我李尊陶這回算是瞎了眼，栽在這隻瓶兒上了！——這瓶是後世人仿製的，不再是魯坤當初燒製的『紅絲鳳』，也就是說：它是假貨！」

「當真是假貨？老朝奉。」一個說：「多少年來，凡是經您過目的東西，從沒出過岔兒的。」

「不！」老朝奉說：「幾十年不出岔兒，並不能保險最後不出岔兒。……這就是東家他約集諸位來的原因，我花費了東家兩萬銀洋，結果卻收當了這麼一隻假瓶！朝奉這個職位，即使東家挽留，我也沒臉再幹下去了。」

說著，他伸手攫起那隻瓶，猛力的朝柱角摔了過去，眾人在驚怔當中，只聽見嘩啷一聲響，那隻瓶已經被他摔碎了。

「那，韓三櫃，」老朝奉說：「越發央你幫幫忙，把碎片撿拾了罷，打今兒起，我離櫃了。諸位朝奉在這兒，請為尊陶做個見證，碎片我帶走，我欠東家兩萬銀洋，雖說一時償還不起，日後賣田折產，總要清還的。」

這事就這樣的了結了，各處來的朝奉，把李老朝奉砸瓶離櫃，折產賠錢的事情，帶回去傳誦著，使北五省的民間廣傳著這個消息。聽到這故事的人，大多責難那姓童的，不該拿假貨來騙人，竟然騙倒了一位道地的大行家，使一生沒出岔兒的李老朝奉黯然離櫃；也有人讚許李老朝奉，稱道他處事、為人、做學問的態度認真，在這宗事情上，更顯露了他稜稜的風骨。

但在「金滿成」當舖裏，氣氛卻夠沉默，夠哀傷的！

三櫃韓光進尤其痛惜著李老朝奉的離去，雖說老朝奉離櫃後，還留在這座城裏，但是，一道櫃台使裏外分明，朝後去，這位老朝奉卻不會再來教誨自己了。

老朝奉離去後，日子在三櫃韓光進的眼裏，空虛、黑暗而又冗長，他常常面對著飄曳的藍布帘兒，帘沿下的街景，癡癡迷迷的打著楞登，思緒恍似風裏搖漾的游絲，恍惚在想什麼？又不知自己到底在想著些什麼？熬過一串寂寞，又到了殘冬苦寒的時分了。

同樣是落著雨絲，帶點兒雪花的黃昏時分。

學徒的玉寶剛把門前的大燈籠點燃起來，就大聲的朝裏面傳告說：

「有客……上櫃。」

不過，他立刻又加了一句說：

「贖當來的。」

三櫃韓光進聞聲一抬頭，不由倒吸一口冷氣，接著發出一聲幾乎是無聲的驚呼。……除非自己看走了眼，櫃外站著的那個人，正是一年前來典當寶瓶「紅絲鳳」的那位童仲元先生。他還是戴著那頂熊皮的筒子帽，身上還是穿著那件深色嗶嘰的長袍兒。他站在櫃台外面，朝自己笑了一笑，隨即轉身朝外做了一個手勢，叫說：

「順序抬進來罷！」

那邊的藍布帘兒一掀，哼而哈之的錢擔子就接連著挑進店舖裏來了。

「我來贖當來了。」他這才轉朝櫃上的韓光進招呼說：「這一向，李老朝奉他還好罷？」

「嗯，還好，呃，還好！」韓光進支吾著。

來人把一張由金滿成開出的兩萬銀洋的當票取出來，壓在櫺面上說：

「請朝奉來驗票點銀，我要依限贖當，把我那隻瓶兒贖回去，喏，」他指著說：「這邊是本金，這邊是利息錢，全是現金，分文無缺。」

糟！糟！糟！簡直糟透了！韓光進的那張臉，青一陣，白一陣的變化著。當票是真的當票，銀洋是真的銀洋，誰也想不到天下竟有這種人，竟有這種事?!——居然出錢來贖一隻假瓶回去，糟就糟在那隻瓶早已被李朝奉砸碎了，如今哪還有一隻瓶兒好給他?!

雖說事情糟透，事到臨頭了，可不能不應付一下；韓光進轉了轉眼珠，硬著頭皮擺下笑臉說：

「啊，您可是去年來當瓶的童先生?……客間請坐，嗯，請坐，我這就請頭櫃來待客……」

把客人暫時安頓到客間，韓光進抽身把這消息跟頭櫃和二櫃一說，那兩個都兩眼發昏，只管用手摸腦袋。頭櫃額上沁出冷汗來說：

「不得了，這事假如弄不妥，『金滿成』就整砸了！——那要比當時老朝奉砸瓶砸得更慘，……拿什麼賠給人家？寶物是無價的，人家的原貨也是無價的呀！哪怕假到只值三文小錢的貨色呢，他堅持要原貨，你就沒門兒了！」

「當今之計，我看只好拖延時刻，一面軟搪著他，……三櫃，你趕急備車到老朝奉府上去，把事情告訴他，瓶子是他砸碎的，這個爛攤子，也只有等他來收拾了！」

「好！」頭櫃咬咬牙說：「也只好這樣辦了！」

於是，頭櫃和二櫃連袂出來，忙不迭的敬煙奉茶，吩咐擺酒待客，一面又找出話來，跟那位童先生寒暄著，一忽兒說地，一忽兒談天。

三櫃韓光進趁此機會溜出門，叫了兩輛黃包車，一路疾奔到李老朝奉的門口。進屋時，業已一身是汗，問及老朝奉，偏說到茶樓聽書去了。趕到茶樓，又說到廟裏跟老和尚下棋去了。趕到廟裏，說是剛剛回家，這麼兜了一大圈，到底在老朝奉門口追上了老朝奉。

「呵……哈……呵……哈，老……朝……奉……」韓光進氣急敗壞的說：「總算把……把您給找著了……。」

「啊，是光進。」老朝奉說：「什麼事這樣急法？累你冒著雨出來找我？」

「您不是說過，那隻名叫『紅絲鳳』的瓶子是假的，被您親手砸碎了麼？」韓光進說：「誰也沒料到，物主竟然拿了當票，備足本利銀洋，到舖裏贖當來了！頭櫃說：這事若弄不妥，『金滿成』整砸啦，老朝奉。」

「哦，」老朝奉淡然的說：「我可得要去一趟？」

「舖裏的那人，正急等著呢！」

「好。」老朝奉點點頭：「你跟頭櫃說：留那位童先生吃頓飯，我立刻就到。」

韓光進剛回舖回了話，李老朝奉也趕的來了。手裏拎著個小包袱，一臉瞇瞇的笑意，見了面，他說：

「童先生，您的票可帶的來了？」

「這就是。」童仲元雙手把當票遞了過來說：「就煩老朝奉驗一驗，是否是貴舖開出的，當期一年，到期一次結算本利，票額本金銀洋兩萬，我全著人挑來了，想請您點收過後，取回我那當品。」

「好。」李老朝奉打開那小包裹來說：「也請您驗一驗，這包裹裏的瓶子，是否是您當初典當的原貨？」

這話一出口，頭櫃以下的人都吃了一驚，——除非老朝奉找來一隻假瓶，要不然，砸碎了的寶瓶怎能還原呢？那簡直是不敢想像的事情。

可是，不可思議的奇蹟終於出現了。

童仲元一層一層的打開那隻包袱，從五層油紙中取出紫檀木的匣子，打開那匣子，赫然露出一隻完整無缺的瓶子。

「不錯。」對方點頭說：「這正是原貨。您收票點銀罷，這瓶子算是物歸原主了。」

直到酒席散了，那人抱瓶離店了，頭櫃怪問起這事的原委來，老朝奉才說：

「據我所知，魯坤當年造的這八隻寶瓶，都有擲地則碎，見火即融的特性，我一方面為了證實它確是真品，只有這樣做。同時，『金滿成』收藏這寶物的消息播傳得太快，我怕有什麼險失，所以才跟東家議定，用這法子，使謀奪寶物的人死了這條心。」

「那，那您應該回舖來了？」韓光進欣慰的噓出一口氣來說。

李老朝奉寂寂的搖了搖頭說：

「你們懂得，古物的價值在哪兒？它為什麼會值錢?!……那是說，今人看重古人的智慧、創意和匠心，凡是古物的價錢越高，今人也就越顯得沒出息，——假如今人的東西，處處強過古人，古物就不值錢了……我說這話的意思，你們年輕人該懂得，不要把我看成權威，不要以為沒有我，『金滿成』就沒了依恃，你們要發奮鑽研，處處勝過我，事事強過我，你們若存這樣的心意，我何必再回到舖裏來呢？……我也該安閒的養息養息了！」

珍珠匣

如果你讀過了「紅絲鳳」，你一定會對「金滿成」當鋪留下一些印象，本篇所要述說的故事：珍珠匣的故事，也是從那座擁有許多珍玩古物的店鋪裏產生的，而當時年輕的三櫃韓光進，就是這故事的主人。可是，當故事發生時，他已經是「金滿成」的朝奉了。

三十七年的秋天，戰火威逼著整個的北方。當初繁盛的大城，也變得陰冷蕭條了，飢餓的烏鴉打鄉野上飛來，把黑色的電桿木當做窩巢，而更多的逃難人，拖拖拽拽的湧入街市，使門廊下、長牆角，到處都是襤褸的流民。

城裏略爲富有的人家，差不多都收拾細軟，逃離這座即將陷落的城市，到遠遠的南方去了。只有「金滿成」當鋪，仍然按照他們古老的店規，照舊開門營業，單看他們那種沉默穩斂的神態，就彷彿根本沒聽著外界有關戰亂的傳言一樣。

也有些關心的朋友，在臨別時探問過韓大朝奉，韓光進總是笑著說：

「走，早晚總是要走的，如今還不是時辰！店東臨去時，把整個店務完全交託給我，我不能一走了之，把『金滿成』一庫的珍玩古物，留給那些住窯洞的強盜！……再說，各地湧來的難民這樣多，其中不乏一時缺少路費盤川的，『金滿成』如今不是收當，是在散財，讓他們能在危急的時刻逃到南方去，也是一宗功德。」

「當鋪散財，這真是從沒聽說過。」

「今天該算聽說了罷！」韓朝奉指著那塊懸掛了多年的匾額說：「『恤貧濟急』，是『金滿成』一向秉持的精神，在李老朝奉手上，就是這樣的了！」

在「金滿成」這樣宏大的店鋪裏，不論外面兵荒馬亂到什麼程度，只要當家作主的朝奉不離櫃，店裏的人夥，哪一個敢離鋪他投？每天每天，照樣早起澆花除草，照樣打開店門，毫無限制的收當那些難民湧來求當的物品，往往都是些破爛得不堪入庫的雜物，而朝奉他定下了例子，——開票的起碼價錢是兩塊銀洋。

最後，連頭櫃先生羅二倫都覺得爲難了。

「噯，光進兄，東家臨走請你去，究竟是怎樣說的呀？『金滿成』這許多年沒動過庫存的錢，這還不到半個月，求當的成千上萬，眼看就要開庫了！」

韓朝奉不動聲色，沉吟一晌說：「那麼就開庫罷！」

「日後這些東西，還指望逃難的人回來贖當麼？」羅二倫說：「開了大洞的破帽殼兒，生蝨子的破襖兒，就算當成流當物喊價拍賣，哪怕三幾文小錢，也是沒人肯要的，那時刻，你跟東家怎好交代？」

「你以爲東家是那種揹著金山銀山去逃難的人？」韓朝奉跟他師弟說：「今天，我受託結束『金滿成』，恁情便宜逃難人，也不便宜那些沒有文化教養的亂兵！……東家只跟我說過一句話：一切由我主張。」

「可是，你總該說說你的主意了！」

「很簡單，」韓光進說：「咱們先把庫裏的存錢散發掉，然後，再讓店裏的頭、二、三櫃，各帶著一些珍玩古物離開店鋪，大夥兒可以分路走，一直朝南……古物決不能陷在炮火裏。」

「你呢？」羅二倫說：「你拖家帶眷的，應該先走一步，少擔些風險，我家眷已經先走了，單身留下來，即使遇上險事，跑起來也滑溜些兒。」

韓光進苦笑著搖搖頭說：

「二倫，你甭忘記，我仍然是個朝奉，在『金滿成』當家作主的人，無論你有多深的情義，願意替我擔風險，我也是不能……不能先自離鋪的。」

韓朝奉的苦心，作師弟的羅二倫全都知道，幾十年來在「金滿成」共處，他深深了解師兄的性格和爲人，他公正，虛心，盡責，簡直比得上當年的李老朝奉。

「金滿成」當鋪不是尋常的鋪子，甭說是億萬的錢財，單是歷年來保有的珍玩古物，就會使全國的收藏家失色了，李老朝奉曾經說過一句豪語：

「『金滿成』的頭號庫裏，千百宗東西，沒有一宗不配稱爲中華國寶的！這些寶物，全是無價的！……遇著識主，它價值連城，可要遇著毛賊土匪，它就不值半文錢了！但凡是鑑賞大家，看重『金滿成』不在於它的錢財，卻是這座寶庫。」

可是，天知道這豪語背後，有著多少搜羅、鑑識的心血?!多少奔波跋涉的艱辛?!「金滿成」能保存下這許多顯示著前人智慧的寶物，不讓它湮沒無聞，或是輾轉散落異邦，李老朝奉實在有著不可磨滅的開創的功績在。但依俗話所說：「創業容易，守業難」，那麼，李老朝奉創下的基業，到今天，守成的重責卻落在師兄韓光進朝奉的頭上，兩相比較，這一代的責任，要比上一代更重了。

師兄是那樣的人，天生就適宜挑沉重的擔子，這打他學徒的時刻就看得出來了。他是當代鑑賞大家韓修竑的獨子，原可過著肥馬輕裘的寫意生涯，但他卻選上了「金滿成」，跟著李老朝奉，在古物堆裏打滾鑽研；到後來，連田恕仁、許奇文等前輩，在考據、鑑識上，都不得不欽服他青出於藍更勝於藍。

如今，北方遭逢到這種亂局，撐持著這麼一座大店鋪，困難是可以想見得到的，難倒不是難在替東家看門守戶，處置錢財，卻難在處置這批價值連城的寶物上。不單師兄如此想，自己也抱著同樣的想法，——無論如何，它們不能毀在激烈的炮火裏，它們可是民族的珍寶。

即使這一點，也就夠難人的了！

風聲愈來愈緊，連暫時過境的難民也差不多逃空了。

夜晚的北風，常常送來隱隱約約、斷斷續續的砲聲。

韓大朝奉坐在暖閣裏，手捧著水煙袋，並不去吸，任火紙媚兒空燃著，落下一截一截的紙灰。

頭櫃羅二倫坐在一邊的桌前，翻弄著一重疊的賬簿，專心的撥著算盤。

嘎嘎叫著秋雁橫過黑裏的高天，飛向南方，狗，在遠遠的城角興起一陣驚吠。

「聽說……就要攻城了……」韓光進喃喃的自語著：「賬日得趕快結清楚，二倫，打明天起，金滿成不再開門了，這可是沒辦法的事，——城業已成了空城啦！」

「鋪裏的師傅夥計呢？也該走了罷？」

「不錯，」朝奉嘆口氣說：「每人帶足川資，分批朝南走，能走到哪兒就走到哪兒，相信有一天，我們還能碰得上頭，呃……呃……我是說，假如還能活著的話。——賬目怎樣了?!」

「庫裏存著的銀洋消得差不多了，還餘下兩萬多塊錢。」羅二倫凝望算盤上的數目說：「我們這一回，真的是恤貧濟急濟到了家，……至少幫過好幾萬難民的盤川，只換來積疊成山的廢物。」

「把那些廢物入庫，」朝奉說：「撥給防軍兩萬塊錢！算是『金滿成』捐助的防衛款項，其餘的，留給本鋪夥友，作為南下的川資。」

「好，我趕夜去辦就是了！」

「另撥幾個人，把一號庫打開，挑上馬燈，我得自己去看庫！」朝奉說：「我們能用得上的時刻，業已不多了，……這批辛苦多年存下的寶物，必得要及時處斷了，要不然，我韓光進日後愧見東家。」

「嗨，真夠為難呀！」羅二倫額上多了一層憂愁的皺紋：「如今，情勢緊迫成這樣，車沒車，船沒船，甚至連腳伕、牲口都雇不到，這些寶物，倒怎樣才能運得走?這才是夠人焦急的呢。」

「光焦急也沒用，」韓光進穩沉的說：「哪怕再怎樣為難呢，辦法總是要想的；二倫，咱們多年相處，聽過李老朝奉的教誨，該知道這批寶物，不單是『金滿成』的，它是中國老古人遺下來的產業，逢到這種大變局，人人都該盡力護持它，我不肯顧全自己早早離鋪南下，道理也就是在這裏了！」

「依你，打算怎樣處斷它們呢？」

「當然嘍，單憑『金滿成』這點兒人手，決沒辦法把這一庫的寶物全數運走。」做朝奉的師兄說：「局勢既這麼亂法，一個人帶了太多的寶物，千里迢迢的逃難去南方，路上難保不出事情。我想，想儘量選出那些最貴重的物品，字畫也好，文物也好，玉器也好，珠寶也好，每人只帶一兩件，日後即使走散了，再見不著東家，這些寶物也可以捐贈給博物館、文物館，不會落在土匪強盜的手上。」

「可是其餘的呢？」

「其餘的，那只好分開來拋擲、窖藏了。」朝奉傷感的說：「原從土裏掘來的，只好請它們仍回到地下去，只盼歷代的祖先有靈，呵護著它們，使它們仍然回到民間，流傳著，珍守著，切不要叫強盜們掘了去，任意的損毀，我們就已經盡到了力了。」

趁著黑夜，分頭去辦事夠忙碌的；韓光進帶著兩個新進的三櫃，開了一號庫的雙重鐵門，把架上的各種寶物匆匆看了一遍，他親自動手，小心翼翼的捧下十多件重重裹紮的匣子，揮手吩咐說：

「哪，嚴三櫃，你再召幾個夥計來，把架上的東西取下來，到屋後的城牆腳、溝渠裏，分別掘土埋掉，或是沉進渠底去罷。我取下的這些，替我送進暖閣，明天早上，我會再安排它們。」

他的口氣雖然很穩定，很沉著，可是，真個是到了心如刀絞的地步，自己的腳步，反反覆覆的在方磚地上踱動著，搖漾的燈籠光，壁架間晃動的人影，都使他覺得有一股欲哭的淒酸撲鼻而來。

想想罷，這是什麼地方？這是「金滿成」當鋪的一號珍寶庫麼？……李老朝奉、許老朝奉、田大朝奉直到自己，多少年來辛苦經營的心血，都耗在這些珍貴的物品上，這裏有遙遙遠遠的商周器皿，有漢晉的碑帖，有號稱宋代第一名家李成的真蹟，有經過高鳳翰品題的各代名硯，有畫聖王石谷的巨幅多卷，有樞府窯全套的彩瓷，有全國各地的漆器，有全國收藏家注目的歷代玉石，朱彝尊流散的大部蓋有圖記的繕本藏書，中國悠遠的文物在這裏閃光，歷代獨運的匠心在這裏彙集，而都在這無可奈何的一瞬間，被砲火威迫著散落了！散落了！何年何月再獲承平？何年何月，能使這些珍寶再聚呢?!

這一剎，自己彷彿聽到了歷史的悲吟……

「大朝奉，大朝奉。」

學徒的叫聲把韓光進從悲涼的思緒中驚醒了。

「有什麼事嗎？」他說。

「韓大嬸兒她打著燈籠到鋪裏來了。」學徒在庫外說：「她還帶著玉鳳姐一道兒來的。」

韓光進吐了一口氣，原來是自己的妻子帶著女兒玉鳳來了！早讀先史書，讀到大禹王治水，三過其門而不入的故事，總覺得大禹也未免太傻，如今自己獨力肩承「金滿成」的店務，不也是一時忘掉了她們了嗎？……妻就是這樣的執拗，照說也不是執拗，而是伉儷情深罷。前後幾次託防軍在運補時，順便護送她帶著女兒離開這座情勢危急的城市，自己一天不走，她說什麼也不肯離城一步，今晚上趁黑進店來，敢情又是來催促自己的了？

「她在暖閣嗎？」他問學徒說。

「沒有。」學徒說：「她在前面客堂裏，防軍施師長的副官護送她們來的。」

「你去跟她說，要她們先去暖閣坐一會兒，我辦妥事情，馬上過去。」

等到韓大朝奉把一號珍寶庫的事情處斷了，再趕回暖閣時，朝奉的太太在打著呵欠，女兒玉鳳已熬不過瞌睡，伏在她母親的膝頭上睡著了。那個穿著高筒皮靴的軍官，正在數著他所踱的步子。

「請坐，請坐。」朝奉跟那副官說：「真難爲你，三更半夜的送她們過來。」

「哪裏話，大朝奉。」那副官恭敬的說：「有您這麼一位知名的古物鑑賞大家在城裏，施師長他真是又高興，又時刻擔心，……如今不是大嬸兒要找您，實在是情勢變化得太快了！」

「太快了?!」韓光進鎖緊了眉頭說：「難道再有三幾天功夫也不成麼？」

「對方有三個縱隊壓過來，城裏只有一個加強團，上面認爲兵力太單薄，而且這兒只是一座空城，實際上也沒有防守價値，命令下來，限在明晚轉進……」

「還好。」朝奉吐口氣說：「我總算還有一天的時間好留，好在鋪裏事情也處斷得差不多了，再有一天，我想儘夠用的啦。」

「光進，你這個人真夠迂板。」韓大嬸兒怨苦的說：「師長一向欽慕你，人家才肯在這種緊迫的辰光，撥出一輛軍車送你出城，你總是推三阻四的不爲人家著想。最後一天還要留下來。」

「嗨，妳該知道的，」韓朝奉指著桌面上的幾隻匣兒說：「單只是這幾樣東西，就抵得過這座空城！城若被對方毀掉，日後我們還可再建起來，中華稀世的國寶若被毀掉了，任誰也還不了原了！這樣罷，……我立即召聚夥友來，把這些匣兒處置了，既然施先生能撥出車來，我想趁這機會，讓夥友們跟我一道兒離開。」

「那就好。」副官熱切的說：「我立即就去安排車子，天不亮就要請大朝奉動身了。」

副官走後，韓大朝奉把店鋪的夥友都召喚到暖閣來，沉重的說：

「『金滿成』打今夜起，就算結束了！……防軍收了捐款，撥了一輛車來，送我們離城，我請頭櫃羅先生，爲諸位準備了些南下的盤川，有親的投親，有友的奔友。」說著說著，他的聲音頓然變啞了，彷彿有一塊東西哽在喉間，使暖室裏掠過一陣帶著寒意的淒迷。

一個學徒的孩子紅了眼，淚光在眶裏閃爍著。

「這些匣子，」韓大朝奉指著桌面上那十來隻包紮得緊密的匣子，強忍著激動，嘴唇顫索的說：「這些匣子裏，都是裝著『金滿成』所保存下來的、最貴重的寶物，你們每個人，各揣一件在身上，……我知道，逃難途中艱險重重，誰也沒法子攜帶太多的東西，好在匣子不大，每人揣帶一件，總能照顧得了的。」

「大朝奉，」嚴三櫃說：「這樣貴重的東西，您要我們帶著可以，可是日後該當交給誰呢？」

韓大朝奉沉吟一晌，抬起頭來說：

「當然，假如亂局很快能過去，『金滿成』能夠在南方北地任何一處地方重新復業，這些寶物仍然應該交還給鋪裏，由東家保存它。假如亂局擴大，萬里烽煙，逼得大家分頭流散，你們就算替這多災多難的國家保存這些寶物罷！……我相信，凡是在『金滿成』相處過的夥友，誰都珍惜寶物，懂得些鑑賞的人，你們自己會當心護惜它們的。」

「該怎樣分配呢？大朝奉。」

「用不著分配了。」韓大朝奉說：「把那隻黃綾匣子留給我，其餘的，正好每人一件，你們依序揣著罷。」

就這樣，他們各自帶著「金滿成」當鋪裏最貴重的寶物，在防軍熱心協助之下，趁夜離開了這座危城……

不久，大陸情勢全面逆轉，他們在烽煙裏離散了。

民國四十一年冬天，落著冷雨的黑夜裏，有幾個想逃離陷區的義民，冒著穿越封鎖線的危險，偷渡邊界。

正當他們翻越邊界上最後一道有刺鐵絲網逃入港境的時刻，被巡查的防軍發覺，開槍攔截，但他們攔截晚了一步，先頭的幾個業已越界，只有最後一個翻越鐵絲網的人，背上中了一槍，使他業已顯得佝僂的身體，橫擔在鐵絲網上。

「光進，……光進，你怎樣了？」一個低低的、驚惶又哀泣的聲音這樣問詢著，趁黑又摸了回來。

尖稜稜的子彈，仍在漆黑的空中呼嘯著……

「妳……妳帶著玉鳳快走罷，」一個艱難喘息的聲音說：「我是不成了。」

「皇天！」女的伏地哭泣說：「從北地輾轉逃到南方，這幾年來，我們過的是什麼樣的日子?!如今，業已到了看得見天日的時辰了，誰知邊防軍卻開槍打中了你……讓我們一道兒死罷……」

「妳死不得，……這隻……匣子，妳務必要帶到妳要去的……地方……」他這幾句話，是滴著鮮血說的。

他臨終前，掙扎著一挺身，使他的屍體從鐵絲網上倒栽下來，翻落在自由的泥土上。他就是爲了逃離黑窟，歷盡千辛萬苦的「金滿成」當鋪的韓大朝奉……。

他帶著大小離開北方城的家，在路上就聽說過由那座陷落的城市中傳來的消息，說是對方一進城，頭一件事情就是抄查「金滿成」當鋪的各庫房，他們列有一張可能收藏在「金滿成」的珍玩寶物的單子，原打算沒收那些物品的，但等抄查之後，才發覺滿庫都是破爛的舊貨，既沒有一宗寶物，更不見一點錢財，他們在惱羞成怒之餘，曾通令南下的各級軍政人員，嚴緝韓光進朝奉和那些攜寶逃難的店夥。

由於潮湧的部隊南下迅速，使韓光進朝奉不得不晝伏夜行，有時爲躲避對方崗哨的盤詰和搜查，還須繞道迂迴，他們在上海、杭州、廣東的好幾個城市，改名換姓的居住了一長串日子，終於得著機會越界去香港，但他卻在最後關頭中了亂槍。

香港邊界的居民，有人看見過他的遺體，他兩手滿抓著眼前自由的泥土，兩眼緊緊閉著，臉色雖然青白，但很平靜，彷彿他生前的心願已經達成了。

而揣著那隻黃綾匣子，兩鬢斑白的韓大嬸兒，在草草收葬了她丈夫的遺體之後，卻因悲哀過度加上身體虛弱，在羅湖附近的一間木屋裏病倒了。

一對無依無靠的母女，一旦在人地生疏的地方遇上劇變，那種淒涼的況味，實在是會使人銘心刻骨的。

她們在幾年躲躲藏藏的日子裏，早已經把原先帶出的盤川花盡了，如今，做母親的病倒下來，所有的難處，自然就落到做女兒的韓玉鳳身上。在這段日子裏，玉鳳替人糊過紙匣，捲過爆竹，漿洗過衣裳，用她的辛勞所換得的錢，勉強糊口還談不上，哪裏能夠延醫治病呢？

自然的，這聰慧的女孩就把腦筋動到那隻黃綾匣子上了！

這隻小小的、扁扁的黃綾匣子，裝在一隻陳舊的老藍布的囊兒裏邊，逃難的時辰，由爹貼身攜帶著，爹和媽平素絕少談論這隻匣子，也從沒有打開過它，自己並不確知那裏面裝的是什麼樣的寶物。

不過，它是從「金滿成」頭號庫裏挑揀出來的十幾宗物品裏最貴重的一件，爹以朝奉的身分保存了它，想必該是「金滿成」最貴重的鎮庫寶物了！如其不然，爹不會為它日夜擔心，為它吃很多苦頭，一心想把它帶離匪區了。

如今比較起來，寶物固然要緊，而媽的病更為要緊，假如不變賣它來替媽治病，她的病只有越拖越重，做女兒的怎能忍心眼看著她病死在異鄉？

「媽，我們眼看著活不下去了，爹臨離『金滿成』那夜，不是帶出一隻黃綾匣子嗎？」玉鳳跟做母親的說：「我不知那隻匣子裏裝的是什麼，想必是值錢的東西，我想，要是能押當掉它也好，弄些錢替您治病。」

「當掉它？」韓大嬸兒驚詫的說。

「賣掉也成。」做女兒的說：「爹生前不是說過嗎？……只要這匣子不落在土匪手裏就行，爹爲它丟了性命，使我們處境窘迫成這種樣兒，不能說對不起『金滿成』的東家了，不是嗎？」

做母親的嘆口氣，無力的搖頭說：

「玉鳳，媽知道妳一向孝順，妳可甭在那兒說孩子話了！我這大半截身子下土的人，妳爹那樣慘死之後，我活著還有什麼意思？只是爲著妳，爲了那隻妳爹交託給我的匣子罷了，甭說不能賣它，連暫時典當，媽也不能答應，它如今既不屬『金滿成』，也不屬於我們，那是妳爹在大亂世裏替國家保存的寶物……媽寧願病死，也不願賣它，或是典當它。」

玉鳳沒再說什麼，心裏總在想著，媽早年並不像這樣的迂板，她就沒想到，如果她自己一口氣不來，丟下女兒在這裏，怎樣能保存得住這隻黃綾匣子？

日子拖一天，媽的病就加重一分，起先還清醒著，哼唧著，到後來，神志都有些昏迷了，睜著兩眼認不出人來，可憐她還緊抱著那隻藍布袋囊，有意無意的撫摸著，更在睡夢裏，斷斷續續的說了好些有關寶物的夢話。

做工回來的玉鳳，在昏黯的燈光下面，仔細瞧著做母親的那張臉，無論額頭、眼窩、顴骨，都瘦得只賸下一張皺皮包裹的骨頭，假如再這樣撐熬下去，那怎麼得了？……她望著那隻藍布袋囊，心裏暗自想著：以媽那樣執拗的樣子，實在不肯讓自己去把這寶物典當或是變賣的，她神智昏迷的時刻抱著它，清醒的時刻撫摸著它，……除非另想方法，等她睡熟了，悄悄的取過袋囊，把黃綾匣子裏的寶物偷取出來，……。

對了！也只有這樣，——把黃綾匣子裏的寶物偷取出來，然後，再把空匣子裝回藍布袋囊裏面去，仍然塞在她的懷裏，她並不打開匣子，怎知匣裏是空的？

假如把寶物典押出去，有一些錢，能延醫治好媽的病，自己就可放心去做工，哪怕拚死拚活呢，也要在短期之內，積錢把它贖回來……。

那天夜晚，趁著病人熟睡之際，玉鳳悄悄的取過那隻袋囊，她打開袋囊，取出那隻黃綾的錦匣，打開錦匣，裏面還有一隻光可鑑人的紫檀木的匣子，她抽開匣板，裏面更有一隻碧玉雕成的匣子。

天喲！這樣精緻的玉匣裏，究竟裝的什麼呢？

偷眼看看在熟睡中的母親，玉鳳有些虛怯了，她沒有時間去打開玉匣，急忙把紫檀木的空匣子塞進黃綾的錦匣裏去，又把那錦匣裝回藍布袋囊，先塞在母親的枕角下面，然後，她才背過臉，抽動那隻玉匣的匣蓋。

天！匣裏盛著的，竟是十二顆又圓又大、閃閃發光的珠子！玉鳳知道它們一定是入譜的珍珠。

她自幼就聽爹講述過太多有關珍玩古物的故事，當然也包含著珍珠的故事。她知道，美麗的珍珠，多產在海洋深處，那些巨蚌含孕的珍珠，經過採珠人辛勞取得之後，仍須由專家鑑識品評，依照珠的孕成年月、珠的大小、形狀和不同的色澤，去區分它們的等級。大致說來，一粒珍珠孕成的年月愈久，顆粒愈爲巨大，色澤愈爲鮮豔，而顆粒大的珍珠，又必須圓潤無瑕，才可以稱得上是美珠，珠的色澤，或黃，或白，或青，或粉紅，一般都以豔黃如金的作爲珍品。

而這十二顆粒粒渾圓的珠子，每一顆都是光亮奪目的豔黃色，每一顆又都是同樣大小，彷彿是鴿蛋一般，——這樣的巨珠已是人間罕見的寶物了，更奇怪的是：這十二粒珠子上面，都有著一條栩栩如生的五爪龍紋，這龍紋，非得迎著光才能看得出來，這可是先前從沒聽說過的，它該是不同於其他珠子的地方。

怪不得當初那樣的珍惜著它，守護著它。玉鳳沉沉鬱鬱的思量著，這十二粒同型同式的巨珠，不要說是鑑賞家和收藏家見著了會愛得發狂，即使是外行人，也同樣會看得出它們決非凡物的了。……假如防軍不放那排亂槍，爹不會那樣悲慘的死去，以他的學養、經驗和在北方建立的名聲，一定很容易在此問就業，爹不死，媽不病，一家人不走在艱難窘迫的絕路上，自己怎會想到典當和變賣這樣稀奇的珍珠呢？

這一夜，玉鳳胡思亂想，輾轉反側著不能入睡。

她想過，假如這裏的珍寶店裏真有識貨的人，自己只消變賣掉一粒珠子，就能換回很多很多的錢，除了替媽治病，還能有足夠的盤川，到政府所在的地方去，那時候，就不必要留在這裏吃苦了。……可是，這十二粒弄不清來歷的珍珠，定然是成套的，成套的寶物，要是失去其中的一粒，那該多麼遺憾呢?!

這樣一轉念，她又不願意把它們拿出去變賣了。

無論如何，她又想，在媽病成這樣的時候，我該想法子弄清楚這一匣珠子的來歷，打聽打聽它目前所值的價錢再說。……

在兩個一同逃離黑窟的老人陪伴之下，韓玉鳳跨進城市中心區的一家珠寶鋪子，那兩個土老頭兒，望望自動玻璃門裏那種豪華的陳列，便你望我，我瞧你，不敢跟進去了。

在香港，那種規模宏大的珠寶鋪，不是一般人願意進去問價的。大理石的地面，彷彿浮著一朵朵的雲彩，厚重的玻璃磚做成的格架和櫃台裏，列滿了各型各式的鑽石、貓兒眼、珊瑚、紫英、藍寶石、翡翠、珍珠、玉器和五顏六色的寶石……牆壁上嵌著一長排的鏡子，反映出一片珠光寶氣來。韓玉鳳那種樸素的、鄉氣的打扮，在這種背景包圍比映之下，立刻便顯出一種引人注目的寒傖來了。

「噯，小姑娘，妳來這兒找誰？」一個操著國語的壯年人，看來是站櫃的，打著招呼阻攔說：「這兒只是買賣珠寶的地方，妳是不是走錯了？」

「我找你們的經理，」玉鳳笑笑說：「有點兒事情，想麻煩麻煩他。」

「啊，」那站櫃的用懷疑的眼光把韓玉鳳看了又看，沉吟的說：「妳跟咱們經理是親戚？」

「不。」玉鳳說著，一面把那隻玉匣取了出來：「我這兒有幾粒珠子，想請經理看看……」

「珠子?!」那人說：「這兒只收天然珠，不收人造珠的。」

「要是入了譜的寶珠怎麼說呢？」玉鳳說：「那總該勞動經理他自己來看貨了罷？」

玉鳳說了這話，對方楞了一楞，不過，他立即就露出不肯相信的神氣，連連搖著手說：

「妳倒真是會說笑話了，入了譜的珍珠？那是無價的寶物呀！不瞞妳說，咱們這個鋪子，早先是內地五大珠寶鋪之一，開業這許多年，從來也沒見著入了譜的珠子，——沒有哪個收藏家肯出賣那些珠子的。」

「那就煩您先瞧瞧這匣珠子吧！」玉鳳說著，便把那隻玉匣輕輕放在櫃面上。

那個人一瞧著那隻玉匣，立時認真的換上一副笑臉來，央說：

「妳請沙發上坐，我馬上請經理來跟妳談。」又轉臉關照學徒說：「替客人沏茶。」

架著金邊眼鏡的經理來了之後，先把那隻玉匣捧在手裏，揣摩好了半晌，然後才緩緩的抽開匣蓋來，去逐一檢視那些像桂圓似的珍珠。

「這匣珠子，是妳家藏的嗎？」他問說。

「倒不是家藏的。」韓玉鳳說。

「那麼，是打別處收買的了？」

「也不是。」韓玉鳳眨眨眼，編出話來說：「這是一位逃難來的老先生隨身帶過來的，如今他生了病，手邊缺錢使，可又捨不得變賣它，只託我出來找行家看看貨色，問一問價錢，……也許遇上識家，能道出珠子的來歷，肯出重價，他那時再估量情形做打算。」

「嗯。」經理上下推動他的眼鏡說：「貨色倒是特等的貨色，等我瞧仔細再說。」

他先撿起一粒珍珠，對著燈光反覆旋移著，再逐粒的一一檢視完畢了，喚學徒的取過天秤來，一粒粒的秤過份量，韓玉鳳在一邊瞧看著，看他神情嚴肅，微帶緊張，越到後來，他越是緊張起來，不時掏出帕子去拭抹他額上沁出的汗水……。

「假如這珠子要賣的話，該值多少呢？經理。」

「哦！」經理笑著，用極恭謙的語調說：「實在是好珠子，……好珠子！敝店做買賣，最講究信用，像這樣的珠子，我們願意出價六千塊錢，希望能夠買得它。……妳回去可跟那位老先生說一說，六千港紙，看他願不願意割讓？不信，妳可去別處打聽，這該是很高的價錢了。」

「照您這麼說，這珠子是有些來歷的囉？」

「當然，」經理說：「它是有些來歷的，要不是在譜的珠子，不會值得這許多錢！……不過，它究竟是不是戚家珠，我一時還不敢十分確定它，假如真的是戚家珠，六千之外，我們還可以再添兩千，另外，再分給妳一千塊經手的費用。」

「戚家珠?!您說是。」

「是的。」經理說：「所謂戚家，是指抗倭名將戚繼光，也就是說，這匣珠子，是他先發現的。這一匣十二顆珠子，一樣大小，一樣重量，珠身上又都有著透明透亮的五爪龍紋……所以又叫龍珠。」

「六千塊港紙，不能算是小數目，」韓玉鳳從那經理手上取過玉匣說：「等我回去，把您的話跟老先生他說清楚，他要肯賣，自會拿來賣給你們的。」

「好，」那經理說：「妳最好留下一個地址，我們好連繫，至於價錢，不妨再添上一些，連妳的佣金在內，打它一萬整數好了……。」

韓玉鳳留下她的地址，在兩個老人陪伴下，走到第二家規模更大的寶物鋪裏，這一回，換了一位胖胖的經理出來看貨，他先看了玉匣，用放大鏡瞧了盒面雕刻的山水，還沒打開匣蓋呢，就嚷著說：

「夥計，去搬頭號珍珠圖譜來，替客人看座沏茶，這匣子裏，極可能是倫敦博物館要找的一蚌珠。」

「一蚌珠？」韓玉鳳這還是初次聽著這名字。

這位胖經理沒答話，他一抽開玉匣的匣蓋，注意力立刻就被那十二粒巨大渾圓的珍珠吸引去了，他看得比前一家珠寶店更為仔細，又詳細的參對過珍珠圖譜，這才抬起頭來，跟韓玉鳳笑說：

「這匣珠子，妳是有意要割讓？」

「珠子不是我的，」韓玉鳳說：「是一位逃難的老世伯帶過來的，他如今生了病，手邊又暫時缺錢，託我來這兒問問價錢，……據說這是戚家珠，該很值錢的。」

「不錯。」胖經理說：「方才經過我按圖譜核對，它正是失蹤多年的寶物——戚家珠！這戚家珠，又叫一蚌珠，因為這十二顆一式的珍珠，都是從一個巨蚌身上取得的，敝店是南方知名的大店鋪，不會欺哄客人，我想，假如妳那位老世伯，真願意把這匣珠子脫售的話，請能給敝店一個面子，——我們樂意出重價收買它。」

「你們願意出價多少呢？」

韓玉鳳這一問，胖經理就顯出很爲難的樣子說：

「像這樣的珠子，說實在的，我們很難替它定下一個價錢，我只能說，別家出多少，我們按別家所出的價錢，再加兩成到三成；另外，我們願再提出一筆錢，算是給妳的酬勞，……五千港紙的酬金，盡到一點意思。」

「那……那我回去跟老伯說一說好了。」

「請妳留個地址，我們好連繫。」胖經理說：「我們實在誠心要作這筆交易……。」

就這樣，韓玉鳳問了四五家珠寶店，每一家都認出這匣珍珠是明代的寶物，每一家都願意以高價爭購，有人甚至喊出港紙三萬的重價來。

既然確知這匣珍珠是無價的寶物，年輕的韓玉鳳心裏更亂了；究竟是賣掉珠子醫治媽的病呢？還是按照爹的遺志，把它一直保存著呢？

她回到小木屋，坐在病榻旁邊，仍然打不定主意。

然而，整個香港的珠寶業界，卻爲這一匣珍珠的出現，大大的轟動起來了。轟動是必然的。記載在頭號珍珠圖譜裏的戚家珠，一直是全世界收藏大家夢寐以求的寶物之一，民間的傳說雖然不盡可靠，但戚家珠的存在是絲毫不容懷疑的。

傳說明代世宗嘉靖年間，東南沿海，倭寇猖獗，名將戚繼光奉命守衛海疆，戚將軍紮營在靠近海灣的一座崗頂上，夜來提劍出帳，巡視各營帳的時刻，總會看見一道黃光，在遠處海灣裏閃熠著。

將軍覺得那黃光出現得很怪異，很奇特，恐怕是倭寇的船隊上發出來的，一時放心不下，便吩咐隨身的侍衛出去探視回報。侍衛回來報說：

「啓稟將軍，邏卒巡視海邊，只見海中黃光迸射，卻不見倭船蹤跡，特來回報。」

這真是一宗咄咄怪事了！戚繼光按劍坐在營帳裏，獨自沉思著，一時也猜不出這黃光的來處。漸漸的，這海上夜晚所發出的霞光，全軍的將士都看到了，大家也都議論紛紜，猜不出它的來處。於是，有人向戚將軍說：

「將軍，這海上的夜光，定有些兒蹊蹺，將軍若要探究它，最好請幾位長年在海上找生活的老漁人來問一問，也許他們會道出一些緣由來的。」

戚繼光採納了這項建議，請了幾位老漁人到營帳裏來，述說起夜來海上湧現黃光的異事，並請他們等待夜晚來時，好到海灣邊一看究竟。

老漁人看了海上湧現出的黃光，其中一位年事較長的，臉上露出喜悅的神色說：

「這是祥瑞的寶光，將軍，也許爲患多年的倭寇，就要在將軍手上敉平了！」老漁人接著解釋說：「這大海灣裏，傳說有一隻孕著珍珠的巨蚌，百年來，也曾有人看見過牠，張開門扇般的蚌殼，在臨岸不遠處的礁石上晒過太陽……不知有多少採珠人到這兒來找尋過這隻巨蚌，但都沒能捕得著牠……。」

「將軍，這倒是千真萬確的事情，」另一個老漁人說：「大海灣這一帶的漁家都聽說過。也許牠有心前來獻寶，我們相信只有像將軍這樣衛國拯民的人，才配接受天賜的寶物，您不妨揀滿月的夜晚，在海邊設香案，默禱一番……」

戚繼光將軍聽了這些話，將信將疑，一連過了好些日子，這海上的黃光仍然夜夜輝耀著，滿月之夜將臨，將軍爲了探索究竟，便吩咐左右悄悄的準備香案；第二天夜晚，更深人靜，明月當頭，將軍輕裝簡從，踱到海灣邊那座設有香案的土阜上，親自焚香，默禱說：

「滅倭寇，衛海疆，爲國效命，乃吾人天職，近月來，海上黃光徹夜輝耀，邏卒咸意爲倭船來犯，使軍心不寧，若有海中靈物，欲獻祥瑞寶物於大明，祈請現身，戚某當具表上奏朝廷……。」

默禱方畢，海上黃光愈加輝亮，忽然看見近岸處波濤湧動，一隻巨蚌分開波濤，浮現在水面上，更趁著潮水湧上沙灘。巨蚌通靈，彷彿已經知道戚將軍願代朝廷受寶一般，湧上沙灘之後，便將蚌殼張開，一十二粒渾圓巨大的珍珠，黃光閃閃的在殼緣滾動著……。

…………

不久，為患多年、氣燄盛熾的倭寇，終於被俞大猷、戚繼光諸名將剿平了，這十二粒被認為是天降祥瑞寶物的珍珠，便落在大明的寶庫裏，人們稱它做「戚家珠」、「一蚌珠」，或是「龍紋珠」。

歷史綿延著，這匣珍珠曾經歷劫，到了滿清入關、統治中原的時刻，它就流落到民間了。傳說清代諸朝，一直想搜求這匣流落在民間的珍珠，但始終沒能得到它。經過了將近四百年的時間，這寶物卻突然的出現了，全港的珠寶業界，哪有不轟動的道理?!

有幾家珠寶店把這消息傳播開去，倫敦、巴黎，各處都願意出極高的價錢，收購中國傳說當中的這項寶物。珠寶店派人到韓玉鳳的木屋去，準備出更高的價錢說動她出售這匣珠子。

但他們都晚了一步……。

當這些富有的珠寶巨商，紛紛願以高價爭購這匣珠子，打算轉售國外以獲暴利的前一夜，韓玉鳳所居住的小木屋裏，來了個溫靜沉默的年輕人。

她立刻就認出他，——「金滿成」當鋪的第三代少東。

「妳若不是拿著龍紋珍珠，到我那鋪子裏去問價，」小少東說：「我絕不會想到你們逃出來了。……當時我沒在鋪裏，經理他跟我提起這匣珍珠的事，又給了我妳留下的地址，我就趕急的找來了！……大朝奉韓叔叔他沒在嗎？」

「我爹……他……」玉鳳低下頭，兩肩抽動著，哽咽說：「他爲護著這匣珠子，吃盡千辛萬苦，臨越界的夜晚，死在鐵絲網……上……」

年輕人激動的勒著拳，眼裏迸出憤怒的火光來，他搖搖頭，想要說什麼，卻沒能說出一個字來。

「我媽在病著，……業已到山窮水盡的地步了。」玉鳳說：「要不是這樣，我也不會逼得拿著這匣珠子去問價，」她有些歉然的說：「這是『金滿成』的東西，我爹也說過，能見著東家，就該奉還的……。」

「那倒不必了，玉鳳。」小少東說：「家父也在幾年前病故了，他老人家臨終前，也還掛念著『金滿成』，掛念著韓叔叔一家人，也告訴我，相信這匣珍珠在韓叔叔手上，他會保存它，不落在土匪手裏的。家父特別交代，萬一韓叔叔能把珠子帶出來，要我立即送到台北，捐獻給政府……這寶物是國家的寶物，不再是『金滿成』的了。」

「捐獻總該由你去捐獻的，它總是『金滿成』庫裏的東西。」玉鳳說。

「妳別忘了，我如今開設的是『存寶齋』。」小少東想起什麼來說：「玉鳳，妳今天一定跑過好幾家珠寶店，可不是？」

「是的。」玉鳳說：「當時，我只是情急無奈，想拿它去問問來歷和價錢，等我知道它是真的寶物，心裏惶亂極了……不是爲著媽的病……。」

「我知道妳的難處。」小少東說：「但是，這匣珍珠一出現，珠寶業界全轟動了。大嬸兒立刻送醫，妳得馬上帶著珠子跟我走，也許明天一早，那些貪利的巨商就會找得來，即使他們出十萬港紙，我們也不能讓這匣珠子再落得國外，放在旁的國家的博物館去。近百年來，……有多少中華文物，都那樣傷心的散失了！」

「你今晚能找到這兒，也許是天意罷？」玉鳳有些癡迷若夢的神情：「我想，這匣珠子，你還是帶去罷，我只求你能借些錢，好治我媽的病，日後，等我慢慢的做工，積錢還你……。」

「甭說這種癡話了，玉鳳。」小少東說：「當年情勢緊急，家父為顧全家人倉促離開，卻把『金滿成』的一切託在韓叔叔的手裏，他為保存國寶丟了命……『金滿成』欠你們的，永世也還不清。」

「不，」玉鳳說：「我爹是那樣的人，人在『金滿成』做朝奉，忠人之事是該當的。」

「不談事，該談情。」小少東說：「妳得跟我走，明天早班機，我就著人先把這匣珠子送走。等大嬸兒她病好了，我設法替妳們申請入境回台北去，我會照顧妳們生活的。……我暫時留港，只因為在等著，我相信『金滿成』還有頭櫃羅叔叔和其他的人，都會逃出來的，那時刻，『存寶齋』在海外的業務，也該結束了。」

故事是一位鄉野氣很濃的老年人講述的。

當然，有太多太多這類來自鄉野的傳說，都有著若干神秘的、傳奇的意味，它是荒緲的，無可考據的，至少，它神秘的根鬚，是和千千萬萬人心深處隱藏著意願相契相連，它不一定只是意指這一匣珍珠，而是無數經歷了戰火、流離，而歸向政府的國寶，它們都有著無數護守者的辛酸、血汗和忠忱，有著各個不同的經歷。

當整個民族文化文物，在古早的大陸上橫遭摧殘的時辰，我們所守護的文化文物，卻在這島上發出舉世矚目的光輝。

如果你讀了這個傳說，再面對著歷史文物館中那些國家寶物的時辰，你自會聯想到無數人心中的願望，韓光進畢竟是個見識超卓的好漢子，肯犧牲生命，維護了民族的國寶，使其免於毀在戰火，兩岸人民，都該感激他的義行。——這已經不再是傳說了。

寶

瓶

袁仲甫穿著淺灰色的橫羅長衫，搖著摺扇兒，在這條又彎又窄的小街上逛盪著。沿著東關外慈雲寺這條小街朝裡走，幾乎全是買賣珍玩古物的店舖。那些窄門面的古董店裡，挨挨擠擠的列滿了各式古董，彷彿在黝黯中等待著賞識它們的客人。

這條街既不熱鬧，也說不上冷清，只是瀰漫著一種古老閒暇的氣氛；一般說來，凡是來這兒逛的客人，多半是些對於珍玩古物具有癖好的人，並不急於購買什麼，卻能一泡泡上一整天，一方面盡情的瀏覽，一方面試煉他們鑑賞的能力。

各式古董貨夠多的，大幅的條山字畫，珍珠寶玉，歷朝歷代的錢幣，古舊的銅器、瓷器、陶瓶、繡物、石硯、零碎的飾物，把一整條街道的空氣都染得沉遲了。

這種沉遲的空氣，使得一些具有紳士風的採訪者的行爲舉止也跟著沉遲起來，沒有人喧嘩嚷叫，沒有人呵呵鬨笑，他們瀏覽著、把玩著、品味著、鑑別著，一切都陷在深思和靜默裡面，彷彿那些癡迷的眼瞳，都已經進入歷史。

十八歲的少年袁仲甫，在這條小街上走著，至少在外形上看起來，他實在顯得太年輕了。可是，早在十多年前，袁仲甫就接觸了很多家藏的古物，也從他父親那裡，學得了不少關於辨別、考據、鑑賞和收藏珍玩古物的知識，更聽過關於慈雲寺古物市場上近百年來興起的多種傳聞，他雖然不敢比得他父親袁克紹老先生，算是大行家，至少不能算是門外漢了。

「蒐集珍玩古物，是一宗極難的事情。」紹老曾經跟沈迷於珍玩古物的兒子說過：「北地有些懂得收藏的人家，即使家道中落，門戶式微了，他們寧願勒緊褲帶捱餓，也不肯把世代收藏的古物售出來。不論慈雲寺古物市場的歷史有多麼久，那些陳列在珍玩古物店裡標價出售的古董，十有八九沒有上好的貨色，這種事純是可遇不可求，沒耐心是不行的。」

紹老他自己真算有耐心，蒐了一輩子的珍玩古物，賣掉了五頃多田地，只落下一爿煙坊，這一回，趁著差兒子出門收購各地煙葉兒的時刻，又叮嚀說：

「這回你去北地收買煙葉兒，有空不妨逛一逛慈雲寺的古物市場，買點兒什麼回來，也好讓我評一評你的眼力高低。好在你在那兒要住上些日子，勤跑勤看，也許會遇上真貨，假如踏進店門，掏錢就買得著，那就算不得是珍玩古物了……。」

這個十八歲的年輕人在這條古老的小街上逛著。

早在童年的夢境裡，他就夢過這條傳說的小街，那是出售過碧玉猴的「思古堂」，那是賣過吳道子真蹟水墨判官圖的「集聖堂」，那是收有真正寶物紫沙茶壺中的珍珠汗的珍玩老鋪……他眼看著那些古老陰黯的店鋪，不禁又想起當年聽過的那些荒謬的傳說來了。

「甭看那些暴發戶神氣，」袁仲甫甚至記得起爹在說這番話時的神態：「他們就拿全付家當來買我這隻碧玉猴兒，瞧我肯不肯割讓?!」

那隻看上去縮頭縮腦的玉猴兒，背上有個繩壁兒，拴上一道絲絨繩，扣在爹的旱煙袋嘴兒上。爹沒跟自己講說那故事之前，自己從沒覺得它有什麼稀奇的地方，玉色白裡帶點兒淡淡的碧，猴兒的大腿上，還有一條隱約可見的裂紋，而那荒謬的故事，就出在那條裂紋上。

說是早年城西有座陳家大墳，墳裡埋著明代的一個富豪陳老爺子，這位陳老爺子一生的精力，都耗在蒐集珍玩古物上，臨死時，還用不少無價的寶物做陪葬，有人傳說墳裡有瑪瑙珊瑚，有人傳說墳裡有珍珠寶玉，這些傳說，打動了不少盜墓賊的心。

城東有個專幹打穴盜墓勾當的漢子鄔矮鬼，也到陳家大墳邊打過轉，他看出墳頂有隱隱的寶光上泛，又有七節通天草繞護著墳身，就斷定墳裡有寶不假。

一個落雷雨的夏夜，鄔矮鬼帶著屍兜兒（傳說盜墓賊頸上都套著一隻布帶子，入墓後套著屍首的頸子，把屍骨兜得坐起來，先對屍首祝禱一番，然後才能盜物。）火摺兒、鐵鍬和麻袋，趁夜挖開那座墳，破棺進去盜寶。

他並沒盜得什麼金銀財寶，只從死人的牙齒裡面，撿得這麼一隻玉猴兒，在死人的手裡，取得一隻藍色的小膽瓶，他晃亮火摺兒，把這兩樣東西看了又看，不禁大失所望，說留著罷，又沒有什麼用處，說扔了罷，又覺白費半夜的力氣，未免太可惜了。他想了又想，還是把它們裝在袋子裡，打算拿到古物市場上去，賣掉它們換壺酒喝。

正當他爬出墳，走上官道的時刻，身後人喊馬嘶的，來了一班馬隊，鄔矮鬼想躲沒來得及，叫馬隊裡的兵勇發現了，罵他：「矮子矮，一肚子拐！」說他半夜三更鬼鬼祟祟的行走，不是賊也沾七分賊氣。

馬隊裡的一個官兒盤詰他，他又嚇得支支吾吾的答不出話來，那官兒動了疑，喝令搜身，兵勇們一搜，搜出玉猴和膽瓶，也搜出火摺兒和屍兜來，那官兒一瞅，笑說：「原來是個挖穴盜墓的，也沒盜著什麼，這兩宗小玩意兒留下，人給放了罷！」

這官兒也是個不識貨的粗人，說放就把鄔矮鬼給放掉了，他並沒看重那隻藍色的小膽瓶，卻覺得那隻碧玉猴兒怪好玩的，就貼身佩著它玩兒。

玉這玩意兒邪得很，哪怕是一等的通靈玉，也要用汗水餵養著它，尤其是經人一輩子養過，進了棺再出土的玉器，叫做再生玉，是再名貴不過的東西。這玉猴兒原是一方活玉，在棺裡睡著很多年，一經吸了生人的汗水，立時就活了。

活玉是不難辨認的，誰要用手捏著那隻玉猴兒，對著太陽一照看，就會在玉裡看見一隻活猴兒的影子，手和腳都會動彈。

這官兒仍然不懂得活玉有什麼好處，只覺得稀奇好玩罷了。那時馬隊駐紮在城裡，他常常解下那隻玉猴兒給人瞧看。過了不久，鄉下鬧土匪，這班馬隊奉令下鄉清剿，在西河口開火打起仗來，一粒流彈射中了那官兒的大腿，他本身出乎意外的竟沒帶傷，可是那隻玉猴兒的大腿上卻裂了紋，有人說：活玉能護身，解人的災厄，這隻玉猴兒，就曾經解過人的災厄。

「後來，我花了十塊大洋在『思古堂』這家古物店裡買了它。」爹跟自己說：「這是那官兒賭輸了錢賣掉的，因爲有人告訴他：碧玉猴兒死了，變成死玉，就不值多少錢了！但我看出這隻猴兒並沒死，只是帶了傷，要是能覓著那隻藍色的養玉瓶，把它放在瓶裡泡上一夜，它的傷就會好了……」

記得自己曾問過爹：

「您怎知那隻藍色的小膽瓶就是養玉瓶呢？」

爹叨著煙桿兒，呵呵的笑起來：

「仲甫，你不知爲這事，我花了多少精神查考過；你想想，那位陳老爺子既是一生嗜好蒐羅珍玩古物的人，臨死前自選陪葬的東西，哪有不是寶物的道理？……我查考那隻瓶的來歷，應該就是那隻養玉瓶，陳家祖墳被挖後，他的子孫遞狀追訴過，爲這隻寶瓶，還懸過賞呢。」

荒謬無稽，可不是？爹可就有這麼一種超常的耐性兒，才能夠蒐集到若干難得的珍玩古物。袁仲甫懂得上一代人的習尚，也正是那種承平社會裡的習尚，差不多的人家，都有著蒐集珍玩古物的癖好，不過在程度上，各有深淺不同罷了。

自己來逛這座遠近知名的古物市場，倒沒存什麼覓著寶物的念頭，只是隨意走走，想買些精緻些而價錢又不昂貴的小擺設，練練自己鑑賞的眼力。

袁仲甫抱著這份閒情，瀏覽了好幾家頗具規模的鋪子，在一種近乎曖昧的黯光裡，背著手踱來踱去。摺扇兒在手上霍的展開，又一摺一摺的收攏。忽然，他覺得自己在童年時沉迷於那些古老的傳說，把這座古物市場幻想成一座列滿稀世珍玩的寶庫，是一件很可笑的事情，因爲這些像地穴般的古物舖裡陳列著的所謂古董，多半是些粗劣的仿古的假貨。

「這哪兒能叫古物店呢？」袁仲甫自言自語的嘆著說：「索性叫做仿古店，還名符其實些……」

「小哥兒，你倒是個識家。」另一個穿長衫，模樣兒很斯文的中年人搭嘴說：「在這種交易買賣的地方，一向是沒有好貨色的，就是有，遇不上識貨的，一樣不肯出大價錢。」

「您說的是，說的是，」「集聖堂」的老闆笑著說：「正因爲一般人有看重珍玩古物的時尙，所以附庸風雅的人也就越來越多。年頭變得不同了，一般以行家自命的人，實在都是些不識貨的外行，他們逛慈雲寺市場，只是要貪圖便宜，三文不到兩文的，隨手買些贗品回去瞎充門面，即使是土財主、暴發戶，也想擺設些古物，添點兒書禮世家的氣味。我們這些店舖，一向是靠主顧吃飯的，這些半瓶不滿的主顧要的是假貨，我們只好賣假貨，就有一兩件真正珍貴的好古玩，一時兩時也休想賣得出去，不賣假貨，嘴就得吊在牆上吃不成飯了！」

袁仲甫一連逛了好幾家，那些以識貨知名的古物商，都說的是一樣的話。到最後，連這個十八歲的年輕人也不禁慨嘆起來，自言自語的說：

「唉，時尙當真有這麼沉重法兒，直把人的脊梁骨全給壓彎了！慈雲寺古物市場，可不是名存實亡怎麼地?!十家有九家全賣假貨，只爲了混嘴，就昧著良心，胡亂的騙人！」

他這樣的看著逛著，眼看就到了街尾，竟沒發現一家有一兩宗真正的古物，不禁有些灰起心來。

買妥了的煙葉兒，都還在田裡沒有收割，要等收割了晒乾、打捆、裝船，自己才能動身回去；自己原打算在這座古物市場上，消磨過一個來月客地時光的，誰知慈雲寺市場只是一塊虛有其表的招牌，逛了一趟之後，倒盡胃口，下一趟根本不想再來了。

剛剛一路逛過來，但凡略有名氣的鋪子，自己都曾進去仔細瀏覽過，如今只賸得街尾一家了。這是一家古老灰黯的窄門面小鋪兒，談不上規模，甚至門上連塊招牌也沒有，門裡邊的木椅上，坐著個翹鬍子老頭兒，用一柄芭蕉扇子蒙在臉上，後腦勺頂著牆，半歪著頭假寐，嘴角邊拖出一縷黏涎，滴在他的花白鬍子上。

袁仲甫本待掉頭回去，忽然想起「行百里者半九十」這句老話來，心裡盤算道：既已逛到門口了，又沒有急事在身，何必省這一步？好歹還是進去瞧瞧罷。

他走進店門時，腳步聲把那老頭兒驚醒了，拿開遮在臉上的扇子，斜乜了袁仲甫一眼，仍然沒有開口說話，彷彿沒瞧著客人進店那樣，有一搭沒一搭的搖著他的芭蕉扇子，搖不上三五下，兩眼可又闔上了。

袁仲甫沒介意，也沒找著那老頭兒說什麼，仍背著手，掂動著摺扇，出神的瀏覽著店裡陳設的東西。

這家店舖初進門的那一段比較陰黯，中段接上了屋頂天窗上瀉下的天光，反而比較清晰些。他看著那幾隻古舊的紫檀木的大貨櫥，木面都泛出黑褐的顏色，曖昧不清的使人猜不出它們究竟有多老的年歲？……貨櫥裡陳列著的一些東西，也都蒙上一層厚厚的塵土，一望而知是經年沒人整理擦拭的了。

那邊陳列著一隻巨大的紫色木魚，一尊白瓷的送子觀音神像，一座小巧的檀木架上，立著一組連鎖的玉雕：一尊凸額的扶杖壽星，一雙白鶴，一棵盤蓋的蒼松，非但玉質細緻，雕工也夠神奇，真算得是一等的貨色。再過去，一座木托兒上立著一隻小小的藍色碎瓷膽瓶，那膽瓶的碎紋、瓷質、模式，都透著古拙的樣子，越端詳，越有一番古意。

「這玉雕倒是難得，」袁仲甫讚嘆著說：「不知要討多少價錢？」

「嘿嘿嘿，」老頭兒又搧動扇子，仍然閉著眼，笑說：「您踏進這爿鋪子就該知道，我這兒的東西，一向沒有一定的價錢，您要愛上哪一宗東西，看它該值幾個錢，您就出幾個錢。愛出多少錢在您，賣與不賣在我，每成一宗交易，都須得兩相樂意，這好比姜子牙釣魚——願者上鉤，您自己酌量著出價罷。」

一聽這番話，袁仲甫倒抽了一口冷氣，蒐羅古物這檔子事，難就難在這裡，一般嗜好收藏的行家走進古董鋪兒，總希望店鋪裡先標明價錢，寶物是無價的，出價若干，該是第一難題。如果這玉雕是仿古仿得到家的假貨，自己一時看走了眼，出了極高的價錢，日後被人品評起來，就成了笑柄，人會說：「大鑑賞家、大收藏家袁克紹紹老，竟會生出這麼一個沒眼力的寶貝兒子。」自己年輕識淺，也許還有支吾的餘地，但做爹的，臉面總會受損傷。

反過來說，如果這玉雕確是真貨，源出青田，自己卻吝於錢財，荒乎其唐的出了低價，甭說旁人會把你看扁，就是眼前這個怪老頭兒，也會把你當成飯桶蒲包，這麼一來，逼得自己不得不慎重考量了。

「那……那我得仔細的瞧瞧再說了！」

「您儘瞧，」老頭兒說：「瞧整天都成，瞧是不用拿錢的。」說著，竟又把芭蕉扇兒蓋到臉上去了。

那小小的古玩鋪兒實在沒有多大的地方，可是在識貨的袁仲甫的眼裡，不啻是一個廣闊無邊的世界。單只是眼前這一架古玩，他雙腳沒動，就看了好半晌，架上所陳列的數十宗物品，越看越覺得迷人，幾乎是件件都有特出的地方，半晌的時間，也只能說是走馬觀花罷了。

「真是奇怪了?!」他又禁不住的自言自語說：「多少有名的店鋪，倒沒見著這些貨色，這兒有了這些古物，卻又沒人來光顧？」

「那些人哪是買古物？」老頭兒的聲音從扇面下邊傳出來說：「他們只認得門面和招牌，十有八九是不識真貨的睜眼瞎子，我懶得跟他們枉費唇舌！」

袁仲甫朝那邊望了望，那老頭兒連臉上的扇子也沒有拿開，不知他是醒著還是睡著，說完話一眨眼功夫，他可又打起了鼾來。

真是個老怪物。袁仲甫暗想著。

「我說，老爹，我既來這一趟，不能空手回去，」袁仲甫放人聲音說：「我得買點兒什麼帶回去。」

「廢話，」老頭兒說：「買不買是您的事，我又沒強著您買，用得著跟我說這麼多？」

老頭兒說話太不客氣，雖在語音上沒有明顯的頂撞的味道，可是語意衝得很，袁仲甫被他衝得一楞一楞的，一時竟答不出話來。

「您要買個什麼？」老頭兒兜轉了一句說。

袁仲甫摸摸口袋，袋裡一時沒帶出多少錢，心想，大件的古玩買不起，先帶回一宗小件的罷。他又舉頭在櫥裡逡巡著，一眼看著了那隻藍色的小膽瓶兒，就說：

「這隻小膽瓶是什麼價錢？」

「沒有價錢，——我早說過了。」

「您好歹說個價錢，買不買在我，我不還價就是了！」袁仲甫認真的說。

「嗯，」老頭兒這才拿開臉上的扇子，坐起身來，瞅著袁仲甫，點頭說：「這話倒說得爽快，像是個買古物的樣子，您就拿這個數罷！」

說著，他伸出一個指頭來。

這個指頭一伸不打緊，可把袁仲甫嚇了一跳，誰知他這個指頭表示是多少錢來?!也許是大洋一千，也許是大洋一萬，這可真是漫天討價呀！

「您說是多少？」袁仲甫故作不知，又補問了一句。

「小意思，」老頭兒說：「只要一塊錢，丟一塊錢在這兒，東西就是您的了。」

袁仲甫噓出一口氣來，並沒因這藍色的小膽瓶太便宜高興，反而有一種說不出的失望。看上去，這個怪裡怪氣的老頭兒既然能開設這片古物舖，對於各種古物就不至於外行；不錯，珍玩古物無價也是事實，但是真正的古物，討價還價之間，總不至太離譜兒，這隻膽瓶若真是古貨，老頭兒怎會只要一塊錢？想來還是自己眼力太淺，錯把土窯燒出的仿古貨當成古董了。

一塊錢的玩意兒，不買也罷。這樣一轉念頭，就搖著扇子踱出舖門。

袁仲甫沒買什麼，那老頭兒果真不強著人，恁話沒說，就由他逕自走了。

袁仲甫逛了一趟街，到頭來仍然空著兩手，心裡總覺得不甚愜意，一路上胡亂思想著，忽然他想起來，一塊錢實在不算一回事兒，就算那隻藍色的小膽瓶是宗土窯燒的仿古貨罷，白花一塊錢，也不能算是虧了自己，從腳下折回去，不算太遠，何不折回身去，丟一塊錢把它買了來，只當閒消遣就是了！

又這樣一轉念頭，真的就折了回來。

不一會兒功夫，又踱至那家鋪子門口，朝鋪子裡一看，見那老頭兒還在那張木椅上睡著，便說：「老爹，我來買那隻藍色的小膽瓶來了！」

那老頭兒翻眼望望他，彷彿從來沒見過的樣子說：

「您愛買什麼就買罷。」

袁仲甫從衣袋裡捏出一塊錢來，遞給那老頭兒說：

「煩您把那隻瓶……包紮一下。」

「哪隻瓶？」

「就是剛才的那一隻。」

老頭兒把袁仲甫丟下的錢推開說：

「這一塊錢是什麼意思？」

「咦，這是您剛才……」

「不要說剛才，」老頭兒攔住他的話頭兒說：「我這兒做任何交易，只講現在，不論剛才。剛才我說那隻瓶子賣一塊錢，您要丟一塊錢，瓶子早就是您的了，就因著剛才您沒買，現在您轉回來，就不能再談剛才了。」

「噯，老爹，話不是這麼說，」袁仲甫有些慍於形色地說：「做生意，最要講信用，您剛才明明只要一塊錢，我如今就出一塊，並沒還您的價錢呀！」

「剛才是剛才，現在是現在，」老頭兒說：「您可不能把它混爲一談，反過頭來責怪我沒信用！剛才您是隨口問問，我是隨口說個價錢，您剛才要是丟了錢，我反悔了不賣，您可責備我沒信用，您一腳跨出店門，那隻膽瓶可就漲了價了，現在您要買，得按現在的價錢！」

「我倒不是爭價錢，」袁仲甫說：「我爭的是道理，您能說出漲價的道理來，我就願按現在的價錢買。」

「您要聽道理嗎？」老頭兒笑笑說：「珍玩古物這一門子交易，價錢一向是沒準的，那得看是什麼人來買？比如那隻膽瓶罷，那麼小小的一隻碎瓷的玩意兒，既不好看，又不好玩，給一般人說價，說一塊錢，人家也許嫌太貴了，花一塊錢買了這隻玻璃貨去，壓根兒派不上用場，所以我討您一個起碼的價錢，您要肯買，表示您買它多少有點兒用場，不虧那一塊錢；不買？表示您那一塊錢比這隻膽瓶的份量重，當時如何處斷，全是您自己的事情，我沒多說一個字，是不是呢？……等您出門去又轉回來，光景又不一樣了，您既能轉回來，在我眼裡看，表示這隻瓶子在您心眼兒裡確有些份量，或許您是個癖好古物的人，貨賣識家，所以我這瓶子賣給您要漲價。」

「不錯，」袁仲甫說：「您說的有些道理，您說現在這瓶子要賣多少錢罷？——兩塊錢，加一倍，加一倍總該夠了罷?!」

「嘿嘿，」老頭兒笑起來說：「衝著您這樣的客人，我真心瞧得起您的話，您多看一眼，我就該多收您兩塊錢的了！」

「老爹您倒會說笑。」

「不不不。」老頭兒說：「我講的是正經話。」

「我問的更正經，」袁仲甫耐住性子說：「您說您這隻膽瓶，現在要我出多少錢罷？」

老頭兒沒說話，笑瞇瞇的一伸手，這回伸的不是一兩隻指頭，卻是一隻五指齊伸的巴掌。

「敢情是五塊大洋？」袁仲甫說。

「好說，」老頭兒晃晃巴掌說：「請您再加倍。」

「五十塊錢！」袁仲甫訝叫說：「老爹，容我說得坦直些兒，您的心未免太黑了，五十塊錢，能買得兩條牛呢！您的只是一隻小小膽瓶呀！」

「那您就留著錢去買牛罷！」老頭兒收回巴掌說：「我又沒強著您買這隻膽瓶。我開了一輩子古玩舖兒，霸道生意，從沒做過。」

「五十塊錢？五……十塊錢，未免太貴了……」

「嫌貴您就到別處去買去。」

「我只是自說自話。」袁仲甫說。

「我也只是自言自語……」老頭兒說。

「那我得再仔細看看。」袁仲甫說。

「我可沒說不讓您看。」老頭兒說：「只要您不出這店門，五十塊錢，我決不會再漲價。」

袁仲甫又踱到櫥窗前面去，仔細把那隻藍色的膽瓶看了又看，憑他鑑別古物的知識，從這隻膽瓶的形象、瓷質、紋理、釉色，各方面去推敲，斷定它即使不是寶物，也該是宋代以上的產品，現今的一些瓷窯決計燒不出來的。五十塊錢不能算貴，有心想買下它，又覺得這老頭兒太氣勢凌人，不如先轉回去吃頓午飯，只作不買他的，煞煞他的氣燄，等到晚涼時，再來跟他論價錢，他們做這門生意的人，總要吃飯，決沒有放著東西不賣的道理。

想著，就轉了出來，跟老頭兒說：

「價錢太貴，我得好生想想，您要是肯讓十塊，四十塊錢，我就立時買了。」

「這兒沒價還。」老頭兒說：「一句話說絕了，——五十塊就是五十塊，差一文，不賣。」

袁仲甫真是憋了一肚子氣出門的，回到歇處的客棧裡，用完了午飯，還獨自憑窗悶了半晌，不是嗎？偌大的一座慈雲寺古物市場，那些亮著大招牌的店鋪，十有八九都是賣假貨混嘴的，見了顧主進門，恨不得把那些半瓶醋的客人頂在頭上，獨有這家沒招牌的店鋪裡有一兩宗略為看得的貨色，又不該自以為奇貨可居，把識貨的拉來當馬騎！即算是古物，不買它也罷。

不過，立時又想起爹勸誡的言語來：

「蒐集古物，好比求隱訪賢，沒有三顧茅廬的耐心是不能成事的。年輕人，心氣浮，愛爭勝，正要藉著蒐集古物養養氣，日後遇上旁的事情，也許就不會任性了……仲甫，你該把我這番言語好生記著。」

袁仲甫把爹的話重溫了幾遍，也就心平氣和起來，草草的抹了一把臉，又搖著扇子，沿街逛到這家古玩舖裡來。這一回，老遠見著那個老頭兒，就雙手抱著摺扇兒，深深的作了一個揖說：

「老爹，我回去想了又想，實在不該還您開出的價錢，我不是行家，卻是真心真意的喜歡古玩，這回從南方到貴地來辦事情，手邊帶的餘錢不多，您就看我這番誠心的份上，略讓個三五塊錢，成了交罷。」

「您說什麼？」老頭兒說：「我沒聽見。」

「我……我這是三顧茅廬來了。」袁仲甫說。

「不敢當。」老頭兒說：「這兒可沒有諸葛亮。」

「我……我是說那隻膽瓶……」

「那隻膽瓶麼？」老頭兒說：「我倒願意少算你一半價錢，你只要出兩百塊大洋，就拿了去罷。」

「您？您?!您敢情又開了玩笑了？」

老頭兒冷著臉說：

「不開玩笑，如今它價錢是四百大洋，不還價算兩百，您一開口還價，它就是四百，再還，就是五百，您可先記著這一點——越還價，價錢越高。」

「您可是欺侮人？」

「不欺侮人。」老頭兒說。

「兩百塊錢，能買得五匹好馬。」

「只要您喜歡，我就勸您去買馬。」

袁仲甫直被面前的這個老怪物給難住了，一時真不知道怎麼辦才好。就算自己聽了爹的言語，耐住了火性，爲著這隻小小膽瓶兒，來它個三顧茅廬罷，想當年劉玄德也不至於忍受這種窘境！

「一宗索價兩百塊錢的東西，總該有一些來歷了?!」袁仲甫只好引開話題說。

「沒有來歷。」老頭兒斬釘削鐵的說：「兩百塊錢，一隻沒來歷的膽瓶，買？還是不買？我沒功夫跟您窮繞彎兒。」

「您甭忘記，剛才……剛才……」

「甭論剛才，剛才早已過去了。」

袁仲甫著急的抓了抓頭，來回的踱動著。

老頭兒豁開白布小褂兒，露出凸凸的肚子，用芭蕉扇兒叭嗒叭嗒的朝肚皮上打著。

天到黃昏時分了，滿天紅燦燦的晚霞，火一般的燒著，這條窄窄的石板街，街那邊，無數繁燈迎著霞光輝耀起來，只有這爿店鋪裡沒有燃燈，黑黝黝的，彷彿是一座遠古的地穴。

「您最好快點兒打主意，」老頭兒低聲的催促說：「再過一會兒，我就得關店門了。」

「您能擔保它是真貨麼？假如它是真貨，兩百塊錢，我硬著頭皮買了！」袁仲甫咬著牙說。

事實上也是如此，事情的發展是這樣的突兀，從一塊到五十塊，從五十塊到兩百塊，幾乎磨盡了這年輕人所有的耐性，兩百塊大洋是一筆很可觀的數目，假如花許多錢下去，買著的只是一隻仿古的假貨，那真慘得不堪設想啦！明知那老頭兒不愛聽這種問話，情勢逼得自己非問不可，便這樣吞吞吐吐，無可奈何的問了出來。

「您這話問得實在欠學問！」老頭兒說。

「承您點撥。」袁仲甫說：「您要換處在我的地位，又該怎樣呢？」

「貨色真假，不是靠人嘴上說的，」老頭兒說，語音有些變得溫和起來：「商場上的習慣如此，全都是老王賣瓜，自賣自誇，——世上賣瓜哪有不說瓜甜的?!甜不甜，有瓜在，真不真，有貨在，捨了貨色去問人，輕易的聽信人言，到頭上，沒有不受騙的。」

「您的意思是——？」

「嘿嘿，意思很明白——甭問我，您自己看貨就得了！」老頭兒笑著說：「這膽瓶值不值得兩百塊錢，全靠您自己的眼力，您信不過貨色，又何必問我？」

「那，那，」袁仲甫吶吶的說：「那我得再仔細瞧瞧，雖說我白天已經看過兩次了。」

「好，我掌起燈來，您儘瞧。」老頭兒說。

袁仲甫就著燈光，取下那隻瓶兒，反覆的把玩著。

溽暑天的晚上，沒有一絲兒風，屋裡悶鬱不堪，熱得像合了扇兒的蒸籠，無數蚊蟲也麇集在屋角裡，嗡嗡的嚷熱，連站在燈前不停的打著扇子的老頭兒，肚皮上也凝了一片汗水。

說也奇，當袁仲甫雙手捧著那隻膽瓶兒時，發現它觸手沁寒，瓶身冷得像一塊冰凍似的，自己的一身熱汗，一刹都消了，如果不是千百年前的古瓷，決不會有這種奇異的力量，至少他可以斷定這隻小小的藍色膽瓶，是經過若干年月深埋在地下，汲取過地泉的陰寒之氣的。

但他並不單單相信這種直感的判別，爹曾不止一次的告誡過自己；鑑別古物是多方面的功夫，主要的是搜尋證據，尤其是歷史證據。像鑑別一幅古畫罷，你得從紙質、絹質、條幅或橫幅的款式、畫風、筆意、落款、題署、印鑑、泥印色澤，逐步追溯上去，跟歷史情境何處吻合?何處差異?從而冷靜判定它的真僞。

如果鑑別陶瓷古物，得先弄清楚陶瓷產生的年代，弄清楚歷代著名瓷窯產品的不同特色，不同的燒製方法和過程，多觀賞各種古遠年代的陶瓷產品，精心辨別它的形象、款式、瓷質、紋理、釉彩，心越虛，理越明，直感判斷只能當著一付藥引兒，用的多了，就會壞事的。

他就著燈光，不厭其詳的把玩著那隻小小的藍色膽瓶，壓根兒把站在他身邊的老頭兒也給忘了。從瓶裡察看至瓶外，從瓶口察看至瓶底，又四方旋轉著，察看瓶身有沒有一絲破損的地方，最後，他多次用手指敲彈著，細聽它發出來的音質，藉以幫助他準確的判定原胚的土質。

老頭兒似乎比他更有耐心，儘管悶熱裹住他肥碩的身體，他卻連扇子也不打了，當年輕的袁仲甫目不轉睛的察看膽瓶的時刻，他卻也目不轉睛的察看著這個年輕人的眼眉和神態。

「這膽瓶我照價買了！」袁仲甫足足花去半個時辰看過膽瓶之後，喘出一口氣說：「至少，我覺得它確值兩百塊錢。」

「嘿嘿嘿嘿，」老頭兒捧著肚子大笑說：「這可是周瑜打黃蓋，一個願打，一個願捱，話，是您自己說的，夠認真，也夠爽快，我有多年沒做過這樣爽快的交易了！這麼著，單憑您這句中聽的話，我減價五十，您只消點數出大洋一百五，這瓶子就是您的了！」

袁仲甫瞇了一瞇眼，又衡著對方說：

「老爹，一百五十塊錢，買您一隻原是無價的養玉瓶，您不覺得吃了虧嗎?!」

老頭兒原本是笑著的，一聽到「養玉瓶」這三個字，不由驚起一臉詫異的神情，把頰邊的笑容都僵固在那兒，過了一陣兒，才緩緩的說：

「吃虧不吃虧，那得看買主是什麼人，我相信，這膽瓶以一百五十塊錢賣給您，吃虧的也許不是我！」

「難道會是我？」

「不敢說。」老頭兒說：「您是客人，我不該說這話，這玉瓶究竟是不是養玉瓶，只怕連當今的大家，像紹老那樣的人，都不敢輕率論定，您年紀輕輕的敢說這話，勇氣是夠了，也許太過自信了罷？」

袁仲甫一聽這老頭兒出口竟提起爹的名字，臉上不禁紅了一紅說：

「您說過，人總要盡力相信自己，不管如何，這隻膽瓶我決意照價買它就是了。」

「好！」老頭兒說：「就看著您這份勇氣，我再自願減價五十，照一百大洋成交！」

「對不住，」袁仲甫從衣袋裡取出十塊大洋來說：「我出門倉促，身邊帶的錢不夠數兒，好在我就下榻在碼頭邊的順安客棧裡，離這兒不遠，我想麻煩您一下，帶著這隻瓶兒，跟我一道兒去取錢。」

「也對不住，」老頭兒說：「您看我這條腿罷！——我是個跛腳的人。」

「那，這樣也成，」袁仲甫說：「容我先放十塊錢在這兒做定錢，不足的款數，我自去拿來補上。」

「不成，不成！」老頭兒說：「我做交易，一向有個怪脾性，兩廂情願的說要了，就爽爽快快的一手交錢，一手交貨。古物比不得旁的貨物，都只是這一宗，萬一出了岔兒，替不得的！如今，錢是您的錢，貨是我的貨，我不能先收您的錢，萬

「您一腳踏出門，我卻把瓶子給打碎了，那時豈不是有了麻煩？」

「我放錢的意思是——您甭再漲價了！」

「價可以不漲，錢卻不能先收。」

「您不收，我也放在這兒。」袁仲甫說。

「您自己放的，我可沒收！」老頭兒叫喊說。

「我去了就來！」袁仲甫丟下錢，轉身就奔出去了。

等他回到客棧，匆匆的揣足了錢再轉回店鋪裡來時，一項突如其來的變化，驚得他目瞪口呆，原來那老頭兒果真在他離開的這一剎功夫，失手把那隻小小的藍色膽瓶打碎了！

他正端著那盞燈，蹲在地上撿拾那一堆碎瓶渣兒呢！明明看著自己來了，還若無其事的照撿那些沒用的碎片兒，連頭都沒有抬。

袁仲甫來時走得太急促，進店後，仍自嘘嘘的喘著氣，一瞅見這光景，又急又惱，除去連連跺足外，更加說不出話來。

這算是怎麼一回事兒？就爲著這隻膽瓶，三番五次的奔走著，費了一整天的唇舌，定錢也付了，價款也取來了，瓶子卻跌成碎瓷片兒了！

「這……這是怎麼一回事兒？」

「碎了！」老頭兒說。

「我是付了定洋的，老爹。」

「您的錢還在桌上，我並沒收你的，碎是碎的我的瓶兒，跟你沒什麼相干！」老頭兒說：「就是這些碎片兒，我照樣討價一百塊大洋，你要是想要它，丟下錢來，我把它包妥了您拿走，算您討了便宜。」

「碎瓷片也要一百塊錢？」袁仲甫跳說：「您明明是在欺侮人。」

「我可沒強著您買它呀！」老頭兒說：「就是這些碎瓷片兒，我就開價一百塊錢！單問您買是不買？您買，您就拿去！您不買，明天我就開價大洋一千，信不由您！……這是對一般行家！要是遇上袁克紹，嘿嘿，我得向他開價一萬呢！」

「您相信紹老他肯花一萬塊錢買您這些碎片兒嗎？」袁仲甫說。

「我當然相信！」老頭兒說。

「好罷！」袁仲甫暗自咬著牙說：「這兒是一百塊錢，碎片兒是我的了！」

「不錯，」老頭兒收了錢，把一包碎瓷片兒交在袁仲甫的手上說：「不錯，年輕人，咱們一筆交易總算做成了。我真弄不懂，你花這一百塊錢，買了這些碎片兒回去，能有什麼用呢？」

「我也弄不懂。」袁仲甫說：「我得先問問您，爲什麼您賣給紹老一萬塊錢的碎瓶兒，肯以一百塊錢賣給我呢？」

「我佩服您的耐性兒了！」老頭兒說：「您年紀還輕著，依我看，您還沒有廿歲，就有了這種學養，這種眼力，我敢斷定，若干年後，您蒐集和鑑賞古物的聲名，更會在紹老之上。貨賣識家，我不能在乎錢多錢少了，可是，您花一百塊錢，買去的只是碎片兒，假如這碎片兒到了紹老的手裡，它仍會把它變成一隻養玉瓶的。」

「原來是這樣的？」袁仲甫說。

「本來就是這樣。」老頭兒說：「所以我說，您雖只花一百塊錢，在我看來，卻比紹老花一萬塊錢，更夠爽快，更夠大方！」

「您這麼說來，我算是替我爹省了九千九百塊錢了？」袁仲甫笑吟吟的說。

「你爹？」老頭兒瞪大兩眼說：「您的令尊是誰？」

「就是您說的那個紹老！」

老頭兒伸著頭，舉著燈，把袁仲甫上上下下的打量了一遍，揉眼說：

「算我老眼昏花了，您識出了我的瓶，我卻沒認出您是誰來。早知道，這包碎瓶片兒，我該開價一萬的。」

「可惜您只開價一百塊錢。」

「您真的是紹老的兒子？」老頭兒說。

「不錯。我叫袁仲甫。」

「您就住在順安客棧？」

「是的。我來收煙葉兒的。」袁仲甫說：「我爹叫我有空走走慈雲寺古物市場，練練眼力。」

「好。」老頭兒點著頭說：「您去罷。」

袁仲甫挾了那包打碎了的瓶兒，別過那老頭兒，一路走回客棧裡來，晚飯也沒有心思吃了，關起房門，挑亮了燈，打開那個紙包，獨自看著那些碎片兒發楞，他把這一天買瓶的經過，細細的回味著，彷彿全是真實的事，又彷彿只是做了一場奇幻的夢。

一直到目前爲止，他仍然不敢說花了一百塊錢，買著的是真的養玉瓶呢？還是一堆沒用的碎片呢？至少，他知道這一百塊錢沒有白花，這使自己從那老頭兒那裡，學到了很多難以言宣的東西，它們似乎比寶瓶更加可貴，它們是一種人生的穎悟，卻不是什麼道理。

正楞著，忽然聽見有人咚咚的敲門。

他走過去，打開門來，進來的恰是那間古物舖裡的跛腳老頭兒，脅下挾著個紙包，手裡扶著一根拐杖。

「啊，老爹，是您。」他說。

老頭兒點點頭，兀自喘息著，瞧他走動時一跛一拐的，那副吃力的樣子，虧得他能掙著爬上客棧的窄梯子。

「您去著茶房燒些米湯來。」老頭兒說了：「讓我還您一隻完整的膽瓶吧！——這兒是一百塊錢，我回去想了想，還是不能收您的。」

「爲什麼呢?老爹。」袁仲甫沒頭沒腦的問說。

「不爲什麼。」老頭兒兩眼閃著光：「您回去，見著紹老，煩跟他說一聲，這隻稀世的養玉瓶，我是一文不取奉送給他了，慶賀他有這麼一個使我佩服的兒子。——我以爲除了紹老本人，再沒人能識得這隻瓶的，直到遇上您，我才知道我錯了！」

袁仲甫叫他說紅了臉，不安的說：

「實跟老爹您說，我實在不識得什麼養玉瓶，只是早年常聽爹提起它，講過它的故事罷了。」

「難得您有張良拾履的那種耐性，」老頭兒說：「我不是黃石公，沒有兵書好傳給您，奉送這隻養玉瓶，權算是聊盡一番心意吧！」

「燒米湯做什麼呢？」

「您先著茶房燒了來再說吧！」老頭兒說。

袁仲甫著茶房去燒米湯，不一會兒，茶房燒了一盆熱熱的米湯來，就見那老頭兒把那包膽瓶的碎瓷片兒傾進米湯裡面去，一塊一塊的拼合，前後不到一個時辰，竟從米湯裡托出一隻完整的碎瓷瓶兒來了。

「這……這是怎麼一回事兒？老爹。」

「我必得告訴您，」老頭兒說：「在這天底下，唯有一隻瓶兒，原是九九八十一塊碎片兒拼成的，用米湯就能黏得起來，它的本質不是瓷，卻是石，那隻瓶兒，就是你爹覓求多年的這隻養玉瓶，如今，它是您的了！……剛才是我去用苦醋浸解了它，試驗您的耐心的，我做夢也沒想到您有這種超常的修養，——花一百塊大洋，願買一包碎片回來，讓我受到了『目中無人』應得的教訓，古人說：後生可畏，這句話仍然是千古流傳，顛撲不破的，我該走……了。」

袁仲甫從怔忡裡醒轉時，那老頭兒已經走了，一百塊大洋，原封不動的放置在桌角上，那隻藍色的寶瓶靜立在燈光裡，說明剛才的一切，絕不是夢境……

荒謬無稽可不是？

但當我在童年期初初聽取它時，一直以爲它是真實的，一直到如今，我也沒覺得這故事有什麼荒唐的地方。至少至少，它總算教化了、啓迪了我，我只是喜歡這故事的本身，卻不願解釋其中的道理。

道理也許是一盆苦醋，會把這寶瓶的故事化解成沒用的碎片的。

朝觀

發家

過了靈河，你就會在一片比攤開的巴掌還平坦的青沙地上，看見遠近知名的王家沙莊，人們提到它時，不叫它王家沙莊，都管它叫朝觀太爺家。

我在很小的時候，就聽加農大伯講說過朝觀太爺的故事了，朝觀太爺究竟是王家沙莊的幾世祖？我也弄不清楚，傳說這莊子，就是在他手上建起來的。

住在沙莊的朝觀太爺的子孫們，沒有一家不是富戶，單說田地，就有好幾百頃全姓王。照理說，這一族裡該出些讀書人，在前朝應科舉，好歹也替王姓宗祠前掙得一兩根旗桿（清制，有了相當功名的，才能豎旗桿）。說來也怪得很，王家這一族，沒人肯去爭那功名，他們幹的是一個世代相傳的行業，在鎮上設匾，開糧食行，再不然，就是養些牲口，當驢馱販子，走道販糧。

開糧行也不稀奇，稀奇的是王家做買賣一向不要賺錢，只要賠本。你若不信，看看他們進糧和出糧的斗就曉得了！他們進糧的斗是小斗，一斗就是一斗，出糧的斗是大斗，一斗合一斗二升，進出的行價是一樣的，那就是說，每賣一斗糧，要倒貼兩升糧出去，地方上稱王家糧行的斗叫王大斗。

故事就從這大斗上面引出來的。

當年的王朝觀，諢名就叫王大斗。

加農大伯說，那時王朝觀還是個十六、七歲的窮小子，一年鬧大荒，父母都餓死了，他一個人流落到鎮上討乞，一個糧行老闆看著了，跟他說：

「你叫什麼名兒？」

「我叫王朝觀。」小乞兒說。

「嗨，」糧行老闆說：「年輕輕的小伙子，站著比人高，睡著比人長，腰圓胳膊粗的，什麼事情不好幹？偏要幹這沒出息的行當——沿街討飯來？」

「沒……沒辦法呀，老爹，」王朝觀說：「北地鬧大荒，我爹我娘全死了，我一個人，舉目無親，流落到這兒來，沒誰認得我，我也不認得誰，就想找份勞苦活兒幹幹，也沒人要我呀！」

「這樣的?!」糧行老闆說：「那你就甭討飯了，到我的糧行當個夥計去，記賬你不行，掌斗總行。」

於是乎，王朝觀就在這糧行裡當起掌斗的夥計來了。

偏巧那年四鄉欠收成，糧食交易看好，行情也看漲，到鎮上來買糧延命的，都是些貧苦人。王朝觀糶糧給他們，全都糶了個圓頂兒的滿斗，算來每斗要多糶一升糧。

一日兩，兩日三的，四鄉的受惠人傳揚出去，都說這家糧行的斗大，全到這家來買糧了。

糧行老闆起先樂得哈哈笑，以爲自己行裡生意好，一定有大錢可賺了！誰知把賬盤了又盤，生意越好，賠的錢越多，就惱火說：

「怪哉了?!怪哉了?!天下哪有這種事情?賬目核算過，明明白白的，沒錯一點兒，哪會有倒賠的道理?這……這它媽的真是有鬼！」

可是當他看到小夥計王朝觀是這樣糶糧時，他說：

「好呀！王朝觀，當初你沿門討飯，是我給你一碗飯吃的，你的良心哪去了?像你這樣糶糧，再糶下去，不但要賠斷了我的筋，只怕會把我的老婆兒女全糶出去呢！你忍心嗎?」

「不不不。」王朝觀傻氣的說：「我媽當初跟我說：大秤買，小秤賣，閻王說你心腸壞，一旦死到陰曹府，秤勾兒勾你脊梁蓋！——四鄉收成差，人家都來買糧延命，您大方些，也是積德的事兒，論賠，也賠不了幾文錢，不是嗎?」

「你這傻鳥！」糧行老闆說：「積德也要看是怎麼積?像我這生意買賣人，由你這麼積德，只怕先餓死了自己！你走罷，我不用你了。」

「走就走，」王朝觀拍拍屁股說：「您供了我的飯，我替您積了德，誰也不欠誰的。」

離了這家糧行，王朝觀也到別家糧行去過，人家知道他有這個脾氣，誰也不肯用他，他只好憑力氣，替人打短工過日子。

打短工打了一兩年，省吃儉用的積了些錢，王朝觀就打算自己買匹驢子，到遠地販糧來賣。他捌著小錢袋去六畜廟前的牲口市場，兜著圈子去看驢。

鎮上的牲口市場很大，半里寬長的一片平場子，一路上，都釘著拴牲口的角樁，拴著許多的牛羊驢馬和攪騷的騾子，也有些肥大的牲口拴在樹蔭涼底下，一眼看過去，使人有些眼花撩亂的。

傻氣的王朝觀手插在懷裡，掂弄著那隻小錢袋，小錢袋裡的每枚錢，都被他數過幾十遍了，連整的帶零的，共合二兩五錢七分四厘銀子，他沒有買過驢子，也沒買過旁的牲口，壓根兒不知牲口的價錢。傻小子心裡這麼盤算著：我花二兩銀子買匹大青驢，五錢銀子買口袋什物，七分四厘當飯食錢，自己販不起糧食，也能替旁人代運，賺些腳力錢，日子久了，有了本錢，就能自己販糧了。

他一邊算著，一邊在人群裡走來走去的看牲口。

深秋的晴天，太陽光黃燦燦的，牲口市場上擁擠著各形各式的人，各形各式的牲口。牛在哞哞的吼著，羊在咩咩的叫著，騷騾子時刻不安份，踢得毛驢唔昂唔昂的喊苦。有些人袖口接著袖口，在談著神秘的手價，有些人倚在樹根打盹，把寬邊的大竹斗蓬罩在臉上，有些人歪著脖子，扳動牲口的唇蓋查看牙口，指指戳戳，一副內行的樣子，開行的爲了佣金，嘴吐白沫兒圓說著交易，嚷報出牲口的好處來。

葉子煙噴香的煙霧在人頭頂上盤旋著……

傻小子王朝觀走到一棵大樹邊，楞楞的站住了，兩眼直直的看著一匹青驢。

「好牲口！」他誇讚說。

「算你有眼力！」驢的主人說：「你看看罷，看看是不要錢的。」他把王朝觀看了兩眼之後，說話就帶半分嘲謔的味道了。

不管橫看豎看，這渾身襤褸的窮小子，也不像是個買牲口的人。

的確不像；他的那件白夾褂兒穿成灰的，灰長褲兒又穿成了黑的，渾身上下，打有七八個歪歪扭扭的大補釘、小補釘、方補釘、長補釘和圓補釘，每塊都是不同的顏色，腰上勒著的包頭巾，破了好幾個窟窿，像在老鼠窩裡撿出來的。

「好一匹牲口！」王朝觀沒理會那種嘲謔，他看牲口看呆了，口涎咧咧的半張著嘴。

「看看不要錢。」驢主人又說。

這回他聽見了，嗔了對方一眼說：

「何止是看?!我要買你這匹驢！——找開行的過來談價罷。」他一面說著，一面把懷裡的小錢袋搖得叮噹響，表示他有錢，存心要來買驢的。

這一回，驢主人的笑容變得正經了，急忙跑去找了開行的來。那個開行的是個滿臉紅光，頂上冒油的大胖子，笑起來分不出哪是下巴，哪是頸子。

「喝，王大斗，你想來這兒買驢?!」開行的凸著肉聳聳的大肚皮，笑喊著傻小子王朝觀的諢名說：「你懂不懂得看牲口？——我要跟你說，這匹青驢，是今兒市上最好的一匹！算是叫你碰上了！」

「行家說的不錯。」驢主人說：「牠是鎮上酒坊公驢的種，河西董家油坊草驢生的第二胎，好種出好苗，要不是急等著錢用，你以為我捨得賣牠？人說：銅騾子，鐵驢，紙糊的馬，我這匹青驢該是純鋼打成的，兩頭見日，能走一百廿里長路。」

「還經得住像我這樣兩個胖子壓的。」開行的說。

「不。」驢主人說：「三個胖子，牠也照樣馱！」

「你看看牙口就知道，牠才兩歲，沒長得足！」開行的又說。

「就是沒長得足，牠也已高過了騾子，壯過了馬！」驢主人說。

王朝觀繞著那匹青驢，轉來轉去的看了兩個圈兒，那真是一匹使人羨慕的好牲口，軀幹高大，腰臀豐隆，兩耳敏活，兩眼有神，四隻蹄子像黑窯碗一樣，粗看上去簡直像是騾馬。

「我就是要買這樣的一匹驢！」他說：「不知道是什麼價錢？」

「天地良心一句話，」驢主人說：「這牲口值得十五兩銀子，我因爲急等錢用，自願殺價，十二兩銀子，不能再少了！」

「不多不多，」開行的說：「還不到半匹馬的價錢，可是，牠卻當得馬使喚。王大斗，我說，這便宜可是讓你給撿著了！」

「我沒那多錢，」王朝觀說：「買賣牲口，有討價，有還價的，我得還還價。」

「瞧你的樣兒傻裡傻氣的，」開行的說：「說出話來，可比鬼還精靈，……我看這樣罷，我居中說個價錢，你也不吃虧，他也不上當，他再讓二兩，你出十兩整數，就把牲口給牽走。怎樣？」

王朝觀眨眨眼，還是那句老話：

「我沒那多錢！」

「唉，」驢主人抓著後腦殼說：「你究竟要出個什麼樣的價錢？甭吞吞吐吐了，爽快點兒說出來，是多是少，咱們也好商量。」

王朝觀伸出兩個手指頭說：

「我出二兩銀子。」

「你是在開心逗趣罷？」驢主人說。

「二兩銀子，」王朝觀一本正經的說：「多了我就沒有錢了！」

「笑話，」驢主人氣得鬍梢兒直動說：「二兩銀子，還不夠買一條驢腿的呢！」

「老大爺，您甭動火，」王朝觀說：「我總算誠心誠意的出了價，賣不賣由您，驢沒賣成不打緊，您要是氣出病來，我可擔當不起。」

「你去罷，」驢主人說：「我沒精神跟你瞎拉扯，你去買你那二兩銀子的毛驢去罷。」

王朝觀並沒介意對方的搶白，轉臉就走開了。

開行的胖子跟過來，拍拍他的肩膀說：

「大斗，我看你那二兩銀子，是買不著膘壯的牲口的，你不妨到那邊去轉轉，看看有適合的小驢駒兒沒有？買匹脫了奶的小驢駒兒，雖說一時不能用，勤加餵養牠，半年也就長大了。」

「敢情是，」王朝觀說：「我實在急著要買一匹驢呀！我這就去瞧瞧。」

他謝了開行的，走到牲口市場的另一個角落上來，這個角落上拴了好些毛驢和剛脫奶的驢駒兒，王朝觀看中了一匹，正待問價錢，開行的大胖子跟過來說：

「我勸你換匹小點兒的罷，王大斗，你要是只肯出二兩銀子，你買不到這匹驢駒兒，這些大骨架的驢，一出娘胎就比毛驢兒大，價錢也昂得多。」

「您多幫幫忙，」王朝觀說：「我只有這點兒錢，還是打短工積賺來的，大骨架的牲口買不起，買匹毛驢兒總該夠了！」

「那得看是什麼樣的毛驢，」開行的說：「若想挑選好些兒的，少說也得五六兩銀子，你的錢不夠，還得回去再苦一兩年。」

「我買毛驢生的小駒兒總成！」王朝觀說。

「小哥兒，買駒兒不如買老驢可靠。」一個穿黑衫的漢子搭腔說：「你買了駒兒回去，白吃你半年的麵粉草料不幹活，那些錢又得加上算，先就划不來了，駒兒又嬌嫩，最易惹毛病，萬一生病死了，銀錢不是落了水？」

「老驢又有什麼好呢？」王朝觀歪著頭問說。

「嘿，好處可多了！」那人說：「就像我的那匹老黑驢罷，車也拉過，磨也推過，貨也運過，人也騎過，換上軟套索，牠還能耕田地呢！就憑牠學會了的這許多本事，真夠那些又頑又野的小駒兒學兩年的。」

王朝觀眨眨眼，心叫說動了。

「再說，老驢經驗足，幹起活來，不用人操心勞神，」那個人又說：「就像我那匹老黑驢罷，甭說跟牠說話牠聽得懂，丟個眼色給牠，牠一樣看得懂，牠比人更會認路，有一年，我要牠拉車去東村，跟牠一說，上車我就打盹，等車子不動一睜眼，牠停在東村的水井邊，在找人要水喝呢！」

「天底下有這等靈巧的驢？」

「嘿嘿，」那人笑說：「有些笨人，只怕還不如牠呢！要不是我急等著錢用，說什麼也捨不得賣掉牠。」

「你的驢拴在哪兒？」王朝觀興沖沖的說：「我先看看，說不定就要買牠。」

「喏，就在那兒！」賣驢的說：「看不看都是一個樣兒，我是不會哄人的。」

王朝觀走過去看驢，那匹老黑驢比狗大不了好多，卻也長得驢模驢樣的像是一匹驢，兩耳也會動來動去的打蒼蠅，兩隻黃水漓漓又凹下去的眼，還有些兒老謀深算的光彩，身上的毛色說是黑的，其實還帶半分灰褐色，雖然一片大片的褪了毛，可卻並沒褪光，只是尾毛脫得差不多了，只賸下一根圓聳聳的肉棍兒，背脊上光滑滑的，略有幾處磨破了皮的傷口，好在並不大，圓圓的像是幾枚生了銅鏽的錢。

「驢倒是匹驢樣的驢！」王朝觀看了驢後，自言自語的說：「只可惜太老了一點。」

「老雖老了一點，」開行的大胖子又跟過來打圓場說：「牠到底還是一匹驢樣的驢呀！驢老性子馴，又最有耐勁，你餵牠一根油條，牠也能趕上十里路！」

「其實也不能算太老，」賣驢的漢子跟著撐了順水船：「你瞧，他的黑毛沒變一根白，牙齒也沒老掉一顆，路上見著了小草驢（即母驢），牠那玩意兒照樣硬得像根桿麵棍似的，急吼吼的掙著想朝上爬，你瞧著牠那種風流勁兒，真是驢老心沒老，再使喚牠三年五載都行。」

既是他們異口同聲的這麼說，我就買下牠罷，王朝觀心裡這麼想著，不知不覺就把話給出了口。

然後，雙方談論價錢，王朝觀最多只肯出價二兩銀子，賣主呢，出口就要四兩銀子，拗說少一文也不賣，兩個人在嘴皮上拉鋸子，從早晨拉至近晌午，才勉勉強強從四兩拉到三兩，那賣主好像受了委屈，連吼帶叫的說：

「三兩！再少一個子兒也不成了！」

「三兩了，你覺得怎樣？」開行的抹著額上的汗水說：「我總不成嘴上抹石灰——白說半天的話呀！」

王朝觀囁嚅了半晌，還是那句老話：

「我……我……實在沒有那多錢。」

「嗨呀！」開行的大胖子彎著腰嘆了口氣說：「遇上你這種性子的人，我算是敗在你手底下了，你究竟有多少錢？」

「一共嗎？……一共是二兩五錢七分四厘銀子。」王朝觀取出小錢袋，把銀子全數傾出來，攤在巴掌上，撥成三撮兒說：「這二兩是買驢的，這五錢是買口袋什物的，這七分四厘是飯食錢，全都算好了的。」

「這樣罷！」賣驢的漢子說：「便宜你討，楣是我倒，你拿二兩五錢銀子，我送你幾條半新不舊的糧食口袋，你把老黑驢牽走罷。」

王朝觀付了銀子，牽了黑驢，取了幾條麻布口袋，歡天喜地的走了。他走到街頭的丁二馱販那裡，跟丁二馱販說：

「丁二爺，我買了匹驢，想替您代運點兒糧，收些腳力錢，您肯不肯雇用我？」

丁二馱販認得王朝觀，也喜歡他傻氣直爽，就滿口答允他說：

「算你有骨氣，總算苦掙了一匹牲口，你跟我去販糧，腳力錢是論袋兒算的，按照路程長短，每袋糧我給你多少文錢，不會虧待你就是了。——你買的驢呢？」

「拴在外面。」王朝觀說：「那匹黑的就是。」

丁二馱販含著小煙袋，出去把那匹老黑驢一瞅，搖頭嘆氣說：

「大斗，你這個傻貨，你上了人家的大當了！這樣的驢也能算是一匹驢？送進作坊去，人家也不肯要，剝了皮，只賸骨頭架兒，殺不出三五斤肉來，你花了多少錢買來的？」

「錢倒花的不多，」王朝觀說：「二兩五錢銀子，人家還倒送我幾條長口袋呢。」

他抖開那幾條捲成一捲的口袋，才發現除了面上一條，還勉強裝得糧，其餘那幾條，全叫老鼠啃了好些窟洞，小的像是荸薺，大的能漏掉紅薯。

「怎樣？」丁二馱販說：「我說你上了當了罷？」

「不要緊，不要緊。」王朝觀說：「糧袋上的窟窿，補補能頂用，驢呢，幸好還是一匹活的驢，這點兒小虧，我就吃了罷。」

買了那匹老黑驢，補妥了糧袋，王朝觀不再打短工，跟著丁二馱販，到北地去販糧。

去的時候，旁人全騎著牲口，只有王朝觀一個人捨不得騎驢，一路牽著牠走，一天長路趕下來，人累得歪歪的，腳掌都起了流漿泡。

「大斗呀，這怎麼成？」丁二馱販說：「牲口是人騎的，沒有牽著牠趕長路的道理。」

「我怕，怕會累著牠。」

「你才有多重？」丁二馱販說：「以你這種骨架兒，最多抵得一袋糧，人不能騎牠，牠還會馱得動糧嗎？我說你買這匹驢上了當，你還不信呢！你不要牠幹活，牠卻要你替牠養老。」

「不不不！」王朝觀漲粗脖子說：「牠並不太老，不是嗎？牠的毛還沒變白，牙也沒老掉一顆，若拿牠跟人來比，比您丁二爺差不多年紀罷了！您能走道販糧，牠怎麼會馱不動糧來？」

「嗨，我跟你這渾蟲說不通！」丁二馱販罵說：「你……你……你竟然拿我比起驢來了?!」

「有什麼不妥當嗎？」王朝觀說：「你沒看見牠遇上草驢時的那股騷勁，只怕你還不如牠呢！」

丁二馱販遇上王朝觀這種傻氣的人，正是秀才遇見了兵，有理也講不清，三句話沒講，叫對方頂得一楞一楞的直翻眼，王朝觀又不是存心的，丁二馱販不便發作，只好翹起鬍子走開，其他的販子們卻笑了半夜。

二天到了北地一個鎮上，丁二馱販買妥了糧，不得不找著王朝觀，問他願意裝多少？傻小子伸出一隻手來，五個指頭朝上豎著說：

「分我五口袋罷！」

「五口袋?!」丁二馱販嚇了一跳說：「你是說著玩話？還是真的？……長條口袋，一條足裝六斗糧，五六三十，五口袋足合三擔糧食，你知道。」

「怎麼不知道？」王朝觀說：「我並沒把三擔說成四擔啊！」

「就憑你那匹老驢，能馱得動五袋糧？」

「能！」王朝觀說：「賣驢的親口跟我說過的。」

「他可忘了告訴你，那是當年，當年牠沒老的時候。」丁二馱販說：「好漢還不提當年勇呢，莫說是一匹毛驢兒了！如今，五口袋糧能壓斷牠的脊梁骨，不信你就試試看。」

「算了，算了！」另一個糧販說：「王朝觀，丁二爺他這行飯吃了半輩子，不會把虧給你吃的，你就先上三袋糧試一趟，老驢要能走得下來，下趟再加也不晚。」

「好罷。」王朝觀說：「這回我全是看在老驢的份上，就上三袋糧罷。」其餘的糧販聽了，又都鬨鬨的笑起來，因為他這番傻氣的言語，又轉著彎兒把人給比成了驢了。

事實上，三袋糧壓在那匹老黑驢的脊背上，也已經重得不能再重了，一行人牽著牲口上路，每匹牲口都分別馱了三五袋糧食，旁的牲口走動起來輕輕鬆鬆的，只有那匹老黑驢跟不上趟兒，牠長得太矮小，袋子交叉垂下來，幾乎要拖到地面上，牠叫糧袋壓得伸著頸子，兩眼鼓凸著，四隻蹄子大分叉兒硬挺著，走動時，驢腿一直抖抖索索的像打了瘧疾，前後沒走出三里路，就痾了兩泡屎，撒了三遍溺，王朝觀一點兒也沒以爲怎樣，只管攥著韁，嘀嘀咕咕的跟老黑驢說話，他說：

「你幫幫忙，發力走快些兒，待會兒過野舖，我買根油條你吃，吃了油條添精神，讓人看看，你是不肯服老的，甭讓丁二爺他瞧不起你！」

「呼……嚕，呼……嚕。」老黑驢不會講話，一股勁兒的發著喘，越走越慢了下來。

王朝觀沒辦法，死命的朝前拖著韁繩，一面又說：

「你這個老風流，若是比起人來，你也該有五十好幾了罷？這把年紀在身上，你的脾性還不改，瞧你看見草驢時那股騷勁，怎不用在正經事兒上來？」

老黑驢噴著鼻，有些眼淚花花的。

「嗨，你是虧在那個色字上了，」王朝觀一本正經的跟那驢說：「早先欠了風流債，如今馱不起長口袋，這可不是自討苦吃？……你聽著，你這個老薛敖曹，就算你生有『異稟』，練過丹鼎法兒也不成，色字犯在頭上，早把你骨髓掏弄空了！你要肯及早收心，等這趟糧走下來，我好好兒的拌些料，替你著實補一補，包管就不會這麼累、這麼喘了！」

「王朝觀，你怎麼弄的?!」前頭有人大聲招呼著他說：「你不把老驢趕得快些兒，就落了趟了！」

王朝觀抬頭一看，丁二馱販他們全把牲口趕上了頭道坡，在路邊的涼亭那兒等著自己呢！這道崗坡不甚陡，可是一路上坡足有半里長，一般馱糧的牲口上了坡，照例都要歇上一陣兒，飲幾口水，喘幾口氣，然後再下坡。

「嘟，得兒得兒得兒，嘟——」

王朝觀吹著趕驢的哨兒，連拖帶拽的牽驢爬坡，爬到半山腰，那匹老黑驢前腿一屈，跪下來，死也不走了！他一急，拚命拽驢韁，硬把老黑驢拽起來，還沒走動，那驢又叉開後腿撒起騷溺來，王朝觀抹著額上的汗水，耐心的等牠撒完了溺，喊說：

「天靈靈，地靈靈，你甭在半路上倒下來！你這麼一倒，丟你自己的臉不說，連我也跟著出洋相，要替你擦屁股扛糧呀！」

老黑驢偏偏不爭氣，把驢臉那麼一長，又趴了下來，身子一側，看樣子好像要賴在地上打滾的樣子，滾沒打得成，糧口袋卻都移壓在牠的肚皮上，壓得牠吼吼的直翻白眼珠兒。

「丁二爺，丁二爺。」王朝觀喊叫說：「我的……老黑驢，牠躺下來了！快央兩位大叔來幫忙，把糧口袋抬開，我一個人拖不動呢！」

老黑驢一倒，丁二馱販他們就看見了，沒等王朝觀喊叫，他們就奔來兩三個人，幫忙移開了糧口袋，那匹驢在地上蹺著蹄子滾了兩滾，還是不能站起來。

「我……的老黑驢完……蛋了！」王朝觀苦著臉，打著一副哭腔說：「我那二兩五錢銀子，也……扔下了水了！」

「何止是你倒楣，」丁二馱販說：「你這一來，也把難處丟給了我啦，你的黑驢早不倒，晚不倒，偏在這前不巴村、後不巴店的地方倒下來，在這種坡子連著坡子的鬼地方，放眼瞧不著人影兒，花錢也雇不著旁的牲口，這三口袋糧食，你叫我怎麼辦？說是加在旁的驢身上，豈不是壓壞了牠們，扛又沒法子扛，才慘呢！」

「只好卸掉我那匹花騾子背上的糧袋，先把這三袋糧馱上坡再說罷。」張馱販說：「可是，傻小子的這匹死驢怎麼辦呢？」

「不不不！」王朝觀說：「牠沒死，牠只是脫虛，一時起不來。」

「煩你再卸一匹小草驢，」丁二馱販跟張馱販說：「跟花騍子一併牽下來，公驢軟了腿，也有幾分賴勁兒！因爲驢這玩意兒也有些小聰明，牠怕起來之後，再把糧袋加在牠身上，就存心耍賴！」

「牽草驢做什麼？」王朝觀說：「要不是草驢害了牠，牠也不至於倒下來了。」

「你呀，你算是只知其一，不知其二，」丁二馱販說：「你沒聽人說過：得了什麼病，要開什麼藥方兒嗎？——你甭牽呀，拽呀的，那沒用，得牽一匹草驢來引牠，草驢一到，不用牽，牠自會打個滾爬起來的。」

張馱販把草驢牽過來，交給丁二馱販，丁二馱販牽著牠，兜著老黑驢繞圈兒！那匹小草驢先是戰戰兢兢的夾著尾巴，不久就舒放了，兩眼望著躺在地上的老黑驢，老黑驢也巴巴的望著牠，有些眉目傳情的樣子。

過了一會兒，小草驢在老黑驢面前站住了，用一隻前蹄輕輕的划土，老黑驢呢，也跟著踡動前蹄划土，這就有些心心相印的樣子了。又過了一會兒，小草驢掉轉頭去，用圓滾滾肥篤篤的屁股朝著老黑驢的頭，叉開兩條後腿，微微蹲屈著，嘩嘩啦啦的撒出一泡白奶似的驢溺來。

人說草驢溺，騷上天，那股子熱騰騰的騷味，逼得王朝觀也掩起鼻子。可是，那泡騷溺，卻成了一貼萬靈丹，老黑驢先是翹著鼻頭兒聞嗅它，彷彿它能提神醒腦，後來竟伸出舌頭，去舐那迸落在牠唇蓋上的餘瀝，露出一副津津有味的神情。

丁二馱販看著差不多了，拎起韁繩頭，認準小草驢的屁股猛刷一下，小草驢受驚護疼，夾著尾巴就朝前竄，說也奇，那匹倒地不起、半死不活的老黑驢，竟然翻身掙扎，一跛一拐的跟著走了。

「老傢伙真是賤得慌！」王朝觀自言自語的說：「許牠油條牠不肯吃，心甘情願的要喝草驢的騷溺！獸醫治不好的毛病，草驢能治得好，怕是年頭變了！」

「還說呢，」丁二馱販說：「也只有你這種傻鳥，才會買下這種驢來，無論如何，牠是馱不得糧了，你放韁讓牠跟著草驢走，也許能一路走回去，不過，這匹驢也是從此報廢了，牠多活一天，你多養牠一天的老。」

爲了把那三條糧袋加在旁的牲口背上，幾個糧販都出怨言，責怪王朝觀這傻蛋坑人，怕壓壞了自己的牲口。丁二馱販說好說歹，費了不少的唇舌，直講至舌敝唇焦，才委屈的上路，誰知一上了路，岔事兒又出來了。

岔事出在那三條蔴布糧袋上，算來也是出在王朝觀的頭上，那三條破舊的蔴布口袋上的大小窟窿，雖經王朝觀補綴過，但那些蔴筋都已經朽掉了，裝糧之後沒有破，在老黑驢背上也沒破，但是吃不住左折騰右折騰，走不好遠就裂了一個大口，嘩嘩的朝下漏糧。

「這可慘了！」丁二馱販說：「王大斗，你真的坑死了人，用這種朽蔴袋裝糧，半路上起裂，漏糧漏得這麼兇，不是砸了我的鍋？算算賬，賺的還沒有漏的多呢！」

他喝停了牲口，用蔴筋撮裂口兒，撮好了這兒，那兒又裂開了，實在沒辦法，丁二馱販只好在經過半途小鎮時，另買了三條新蔴袋，換裝漏賸下來的糧食，計算起來，真夠丁二馱販心疼的，——三條破蔴袋，合計要漏掉四斗糧食。

「這算是販糧嗎？王大斗。」丁二馱販說：「這簡直是沿路撒種來了！四斗糧食，你知道能點種多少畝地？我倒楣也只倒這一回，下一回，你就肯倒貼我的錢，我可再也不敢領教了。」

「丁二爺，」王朝觀說：「說真的，我並沒想著你，我一直在想著我的那匹老驢，牠吃不下麵粉，連油條都吃不下，牠要是死了，我豈不是又沒有驢了？」

丁二馱販氣得沒理睬他。

張馱販勸他說：

「大斗，趁著黑驢還有一口氣，回鎮上，就算三文不値兩文呢，你也把牠送進作坊去罷，靠西街口那家，就會收你這匹驢，你趁天黑時，牽牠從後門進去，他們殺了牠，跟牛肉一道兒下鍋，煮熟了，充熟牛肉賣，這樣，你多少還能落幾文，要是等老黑驢一口氣不來，活驢變成了死驢，你連一個子兒也沒有了！」

「甭說事兒不是人幹的，」王朝觀衝裡衝氣的說：「依我想，連這主意也不是人出的，張大叔，你馬尾巴串豆腐──甭提了！」

「嗨，遇上你這狗咬呂洞賓的傢伙，我不說了！」張馱販說：「我只是教你賣驢，並沒教你去犯什麼奸、盜、邪、淫，你怎會平白的罵我來。」

「我不是罵您，張大叔。」王朝觀說：「您知道公雞、鯉魚、豬頭肉，是三宗大發物，可是，天上的龍肉、地上的驢肉更發。……像您這種風濕病，要是買牛肉時，買著了我的驢肉吃下去，就算您福大命大，當時不翹辮子，也該疼得在床上亂爬，這種害人的事兒，旁人要幹，我管不著，我是絕不幹它的。」

「正經倒是正經，」張馱販說：「傻鳥還是傻鳥！我倒盼望你那毛驢兒不死，那就好了……」

黑驢要真不死，也就沒話好說了，偏偏那匹黑驢，一回到鎮上就死掉了，死驢就橫倒在街口旁邊，靠著一堵拴牲口的長牆。

傻氣的王朝觀把三條破糧袋疊疊坐在屁股底下，摸著驢頭，搖著驢耳，像哄著孩子似的說了許多哄驢的話，去哄那匹已死的老黑驢。

「你是在裝睡，我知道。」王朝觀跟死驢說：「要睡，我也容你睡，只是你得換個地方，不要這樣橫躺在街上，倒不是怕叫人瞧了不像話，是怕這地上又冷又濕，你睡著時，會跟張大叔一樣，鬧起風濕骨痛的毛病！你沒見張大叔吱著牙，嘶呀嘶的揉著骨拐喊疼嗎？你要是得了他那種毛病！看你日後怎麼走道兒馱糧？」

老黑驢動也沒動彈，彷彿並不在乎那種嚇唬。

王朝觀又說：

「你甭耍賴了，起來，起來我買根熱油條你吃！要吃麩粉兒我去拌去，咱們相依為命，你有什麼話不好跟我說的？」

老黑驢還是沒動靜，旁邊卻圍來了一大群人，全是買賣糧食的鄉民和一些走糧的販子，大夥兒看見一匹黑驢死在地上，又看見王朝觀傻裡傻氣的抱著驢頭，嘴裡嘰嘰咕咕，不住聲的跟死驢說話，全都覺得好奇，要圍攏來瞧個究竟。

王朝觀兩眼看著驢，一心想著驢，根本沒理會四邊圍著的人群，自顧跟那匹死驢說：「我知道了，你死賴著不肯起來，一定是嫌我買了你，卻沒買匹小草驢跟你配對兒，你急得慌，悶得慌了，是不是？……你放心罷，這事包在我身上，只是你能勤快些兒，至多一兩年，等我小錢袋積聚滿了，頭一樁事，就是替你買個伴兒來！」

老黑驢還是沒理睬，不過從微張著的嘴角，拖垂出一縷黏涎來。王朝觀看見了，一拍巴掌，吱起大門牙，傻傻的笑著說：

「你呀！你這個老不正經的傢伙，天生的風流性兒，敢情是離了小草驢，就過不得日子？瞧你早先風流過火，虧成這副模樣，直能掛在牆頭晒成驢乾兒了，還這麼猴急猴急的，一副饞相！一說到小草驢，你就饞得淌口水，也不怕人見笑？」

聽他這樣說，一圈兒看熱鬧的人裡，有人笑得手捧肚子，直不起腰來，有人指手劃腳，像瞧什麼西洋鏡兒似的大發議論，也有人知道王朝觀是怎樣吃盡辛苦，才買得這麼一匹瘦得可憐的老驢，知道他人傻心慈，驢已經死了，他還在滿懷希望的說傻話，不禁搖著頭，爲他嘆息，替他難受。

還是丁二馱販先開口說了，他說：

「大斗，傻小子，我不能不告訴你，你這匹老黑驢，早已經死了！你跟死驢說什麼話呢！你無論說什麼，牠都聽不見了。」

「甭誆我，丁二爺。」王朝觀抱著驢說：「哪有死驢聽著草驢還淌口水的？」

「驢死了，嘴角都會噴沫兒的。」丁二馱販說：「那不能就算牠不死呀！」

「啊！不不不！」王朝觀衛護著什麼似的，力爭說：「你來摸摸看，牠心口還熱熱的，適才我摸過，牠的心，還在怦怦的跳呢。」

也有好幾個人，覺得王朝觀這小子傻得可憐，過來幫著丁二馱販勸說他的，不過說了也算是白說，王朝觀固執得很，誰的話都不肯聽。壓尾他說：

「我相信牠初走長路，定是累極了，你們一個個偏說牠死了！我傻嗎？倒也不是傻，這匹驢是我辛苦一兩年，省吃儉用，積聚起銀子買來的，人家是把『死馬當成活馬醫』，我呢？我是把『死驢當成活驢看』，諸位叔伯大爺們，你們不妨有話留著明天說，不要再圍在這兒了，瞧熱鬧，後街有馬戲，這兒也沒什麼熱鬧好瞧的！我一個人，坐在這兒守著牠，看牠醒不醒過來？」

人們沒奈何，苦笑著，紛紛散開了。

王朝觀一個人，還在那兒守著他的老黑驢。

天色逐漸的晚了，集市上的人都退集了，人們紛紛傳講著傻小子王朝觀的事情，經過街口看見他枯守著那匹死驢，嘴裡還在嘰嘰咕咕的說著什麼，都忍不住嘆著氣，停下腳來，朝他多看上幾眼。

風來了，夜來了，窸窸窣窣的葉子，在風裡跑過街道，也彷彿在傳講著王朝觀和他那匹老驢的故事。

王朝觀呢，還是坐在那匹死了的老黑驢旁邊，五頭聚會的抖索著。

秋天的夜晚夠寒的，傻小子身上的衣裳很單薄，補釘的裂縫處又灌風，渾身聚不起一絲暖氣來，他想到屁股下面還有三條破麻袋，抖開來，勉強還能擋擋風，祛祛寒。可是，他又想到老驢老了，不忍心把破麻袋留著，讓自己一個人受用，卻放著老驢在風口挨凍，就自言自語的，衝著那匹死驢說：

「老夥計噯，你不該這麼鬧彆扭的，你該跟我到鎮西三官廟去的，在那兒，好歹還有個破舊的牲口棚兒讓你歇，老廟祝有匹瞎眼驢，瞎雖瞎，倒是一匹母驢！將就將就，也多那麼一點意思，強似這露天地上，尖風刺人骨頭。我呢，佛殿廊簷底下，我還有個行李捲兒，兩張狗皮褥子，好躺下來伸伸腿，……如今你睡得呼呼叫，拖我在這兒喝著風陪你，也真太不講交情了！」

他伸手再摸摸死驢的肚子，不像早些時辰那麼熱了，只有一點兒隱隱約約的溫，便又說：

「我說地下太涼，你不聽，瞧你凍的這個樣兒！罷了，罷了，寧願你不仁，不願我沒義，我替你鋪條蔴袋在身底下，另一條替你蓋著，還賸下一條，我鋪了呢，就沒蓋的，蓋了呢，又沒鋪的，只好把它撕開來頂在頭上，蹲在牆跟過一夜罷，我守至明天太陽出，你要是還不起來，我就聽丁二爺他們的話，當你是死了！」

二天太陽出來時，幾個糧販子跑來看他，死驢還是一匹死驢，傻小子王朝觀披著蔴袋在頭上，摟著那匹驢，開口驢長，閉口驢短，哭得真像是個孝子。

「驢啊驢啊！」他哭說：「你也沒想想，你這一輩子弄過多少匹草驢，生下多少匹驢子驢孫，可是在你臨死時，有沒有一隻驢眼看著你，只有我王朝觀熬夜守著你，我允你吃麩粉，吃油條，允你有匹小草驢做伴兒，你卻這樣的挺了屍了，你的心腸也夠狠了啊！」

「王大斗，你小子甭再神經兮兮的了！」丁二馱販瞧著實在不成話，就連責帶勸的說：「天下只有人哭人的，哪有人哭驢的?你年紀輕得很，死了一匹驢，咬牙苦幾年再買一匹就是了，哭個什麼勁兒?」

這回王朝觀倒是很乖，吃丁二馱販一數落，立時就使袖子擦乾眼淚，不再哭了。

當天下午，他在鎮西三官廟後面的荒郊野地上刨個深坑，把老黑驢拖過去，臨埋前，還沒忘記他媽在他小時候講過的傳說——說是六畜死掉了，不能整埋，整埋血氣還在，日後會變成魔物，黑夜裡出來祟人，就埋，也得先替牠放了血再埋……他就用小刀兒割破死驢的後蹄子，把血給放了，不但埋了驢，連那幾條破痲袋也捆捆紮紮的裹在驢身上，算是給老黑驢陪了葬。

這樣，他一兩年的辛苦，什麼也沒落得下來，還是一個人，兩隻拍得響的空空的巴掌。

驢死了之後，王朝觀又得重頭苦起了，日子也像驢拉的磨盤一個樣，嗡隆嗡隆的旋轉著。

由於王朝觀賣糧用大斗，死驢不肯埋的故事傳遍四鄉，遠遠近近的人們沒有不認識他的，就是沒見過面，也聽熟了他的名字。

有的人說：

「這傻小子是天生的窮命。」

有的人說：

「命是一生的大事，如今還不敢論斷它，至少，在這段日子裡，他活該多勞碌，也許是走在楣運上了！等楣運一過去，說不定有轉機的。」

鎮西朱家圩子裡，有個愛喝酒的朱老爹，在鎮上酒館裡聽見人講說這事，便不住手的去摸他那透紅的酒糟鼻子，不以爲然的說：

「您也莫把這傻小子看輕了，古人說的不錯：傻人有傻福！從這些樁事情看王朝觀這個人，倒是個忠厚的人，日後會有大福澤的。」

說到這兒，他忽然像被什麼心緒觸動了，喝完杯裡的酒，喊堂倌來算了賬，披起大襖，捏著煙袋桿兒，說要到十字街口，找他的老朋友蔣敞。

提起蔣敞這個人，也許有人不甚清楚，若說是相面先生小神仙蔣鐵嘴，知道的人可就多了！蔣鐵嘴的名氣，甭說在這小小的鄉鎮裡，就是走遍上八縣、中八縣，七八百里方圓，論起談命論相這一行，他也是紅得發紫的大頭牌，沒有第二個人敢跟他相提並論的。

蔣鐵嘴早在十幾年前，倒是常趕這個集鎮，到後來，他的名氣大了，各處請他去設桌兒相面的人多了，他就不常到鎮上來了。但是每回他到鎮上來，都託人去請朱老爹，兩個老朋友碰碰面，喝一場晚酒，也照例要談起十七八年前，蔣鐵嘴許下的那個諾言。

原因是這樣的：

朱老爹四十多歲了沒子息，他老夫妻倆常爲這事遺憾著，朱老爹是幾十年前逃荒來的，在這兒落戶後娶了朱大奶奶，老族人早就流散各方沒音訊了，這兒只是一支單支，必得要有個孩子續香煙，不然這一族就斷了支了。

人說卅無兒吃一驚，老夫妻倆四十出頭了，眼面前男花女花沒一枝，那份急勁兒就甭提了！朱大奶奶爲此吃了長齋，到處去燒香拜佛求菩薩，可也沒有結果，就轉勸朱老爹買個妾來。朱老爹不肯，反勸朱大奶奶耐心點兒，好歹再等幾年，他說：

「我這把年紀在身上，難道單爲子嗣，就去作那個孽？人家黃花一朵，年紀輕輕的跟了我，就算能生出個孩子來，也註定要守寡的。妳既信神，就該信到底，我們勤苦一輩子，沒做一件虧心事，不該絕後的，就是沒有男孩，也該有個女兒的。」

「我也沒指望真的生男孩，女孩也是好的。」朱大奶奶說：「只怕男孩女孩全不來，你又不肯娶小，那只好抱個孩子來養活了。」

這話說了不久，朱大奶奶就有了孕，夫妻倆歡喜的像得著了寶。十月臨盆，朱大奶奶在椅子上做了一個夢，夢見一個水花白淨的女兒進門，另一個單身赤裸的男娃兒，騎著一堆金元寶，在後面追她，追至大門口不進門，直管笑、直管笑……

她痛得醒來後，就生下了大姑娘。

她把這夢告訴了朱老爹，朱老爹也不會圓夢，夫妻倆正打算著請誰去圓這個夢，小廝來報說，門外有個相面先生來借宿，那相面先生就是小神仙蔣鐵嘴。

他跟蔣鐵嘴就是這麼認識的。

當時，老夫妻曾把這夢說給蔣鐵嘴聽，請他給圓圓，看是什麼兆頭？蔣鐵嘴說：

「夢有正夢、反夢，比方說：有人夢見棺材，自以爲不吉利，結果得了錢財，這算是反夢。你們這夢是正夢，那就是說：這女孩兒日後嫁人，定會嫁給一個百萬財主，不信麼？不信你們就等著罷。」

「嘿嘿嘿，」朱老爹笑說：「這話是您說的，要是不靈，不怕我砸了您的攤子？」

「算命打卦的攤子不是沒被人砸過，」對方笑得更響：「但那絕不是蔣鐵嘴的攤子！令嬡日後的婚事，我先許個鐵諾在這兒。」

這個諾，打女孩兒出生起就許下的，晃眼十七八年過去了，朱大姑娘長成了一朵花，還是沒說定婆家。蔣鐵嘴的名氣越來越大，朱大奶奶越是記住他許的諾，近幾年裡，上門來提親的不在少數，但男方都不是蔣鐵嘴說的那種材料，朱大奶奶全都一口回絕了，又催著老頭兒騎驢去找蔣鐵嘴，問他說命看相這許多年，遇著這種年輕的男娃兒沒有？

老頭兒每回碰上蔣鐵嘴，兩人喝著酒，他總先提起這事來，跟蔣鐵嘴說：

「小神仙，你姪女兒都這麼大了，你親口許下的百萬豪富在那兒？不是我信不過你，我那老伴兒抱定你那句話，癡貓等瞎穴似的選女婿，一直沒有中意的，只怕把女兒的婚事耽誤了。」

「您甭急，」蔣鐵嘴總這樣安慰著：「這是可遇不可求的事兒，光急是不成的！我說話算話，決不至讓姪女兒找不著那種樣的婆家。」

這話說過了一兩年，還是沒一點兒動靜，朱大奶奶成天跟朱老爹嘮叨，老頭兒聽也聽煩了，憋了一肚子悶氣，聽說小神仙蔣鐵嘴又來鎮掛招牌，就騎驢進鎮來找他，打算再問一問。

他走到十字街口，遠遠看見小神仙蔣鐵嘴高高張著的長招兒，叫秋風吹鼓了肚子，蔣鐵嘴叨著煙袋桿兒，大腿翹在二腿上，在那兒瞇著眼望街呢。

蔣鐵嘴一眼瞧見他，就先笑著招呼說：

「大哥，瞧你這種氣呼呼的樣子，可是在家跟咱們那位老嫂子鬧架了？消消氣，這邊坐著，等我提早收攤子，咱哥兒倆喝酒去。」

「你甭破費，」朱老爹說：「酒呢，我自箇兒喝過了，我這是來找你要那『百萬豪富』的女婿來了！你要推諉，行，你跟我說沒用，你自去跟你老嫂子說去，我女兒一天找不著婆家，她一天嘮叨得我頭昏眼花，這個罪，我受不了！」

老頭兒正說著，蔣鐵嘴忽然咧開他的鮎魚大嘴，樂呵呵的笑著，伸手連拍著朱老爹的肩胛說：

「奇事，奇事！我說下的話，竟在十七八年後應驗了！小神仙的攤子砸不了。」

「你在說什麼？」朱老爹懵懂的說。

「我把你的女婿給找著了！」蔣鐵嘴說：「一塊石頭落了地，我再也不用擔心啦。」

「他在哪兒？」老頭兒轉過臉去。

「喏，我指給你，」蔣鐵嘴伸手指著一個人說：「你自己去找他去罷！不論這個人如今是窮是富，不論他落魄街頭或是沿門乞討，那都不要緊，擋不住他的鴻運，你聽我的話，追上他，跟他談談，要是他還沒訂親，足夠做你的女婿了！……快去，那個穿著破襖，赤著腳，腰裡紮著草繩的就是他！」

「你，你不會是誑我罷？」老頭兒說：「老兄弟！」

「小神仙從沒誑過人，大哥。」

「這不是鬧著玩的，」老頭兒還在猶豫著：「女兒是我的女兒，弄不好，害她一輩子。」

「實跟你說了罷，」蔣鐵嘴說：「我替人看相看了大半輩子，從沒見過像他那樣厚重的相貌，不但日後要發家，而且福澤無窮！你有了這個千載難逢的機會，若是眼睜睜的放過了，日後你們後悔也來不及，那時可甭再來找我就是了。」

朱老爹被他一番言語說慌了心，連道別都沒來得及道別，攥著驢轠，就去追那個衣衫破爛的窮小子。

十字街口是熱鬧地方，熙熙攘攘的全是人頭，他牽著驢子走不快，一路亂撞撞落了帽子。他也顧不得撿帽子，自管在後面空招著手，叫說：

「嗳，嗳，你停停！你停停！」

路上的人們就見這個古怪的老頭兒，牽著驢，慌慌張張的朝前跑，帽子撞丟了也不去撿，自管沒頭沒腦的嚷叫，一時摸不清底細，都還以為他遇上了掱手，錢包叫人順手牽羊摘走了呢！

朱老爹上六十歲的人，空著手跑路已經跑不動了，何況又牽著一匹驢，那驢生就拗性子，怕見生人，越是強牽牠越朝後掙，急起來，唔昂唔昂的叫個不停！

老頭兒記著蔣鐵嘴的話，一心要追上前面那個腰紮草繩的窮小子，索性一鬆手扔了韁繩，連驢也不顧了。這麼一來，人們更斷定他是遇上掱手了。

他倒很想把那小伙子叫住，但他一點兒也不知對方姓什麼，叫什麼，該怎麼稱呼，只好喊說：

「噯，噯，你停停，我有話跟你講！」

在他前面走的人很多很多，一聽後面有人沒頭沒腦的窮嗆呼，誰都錯以爲是有人在招呼自己，很多腦袋都好奇的轉回來，朝朱老爹楞望著，其中還有一個停了腳步，反問說：

「老爹，您可是在叫我？」

「不是你，不是你，」朱老爹急著指說：「是那個，那個穿破衣，赤著腳，腰紮草繩的那小伙子！」

那小伙子頭也沒回，拐彎朝西，向三宮廟那個方向走，經朱老爹這一點破，就有些人吼說：

「前面的，抓住他，甭讓那腰紮草繩的小掱手跑掉了！他掱了這位老爹的錢想跑呢！」

「抓住他！」更有些自作聰明的傳叫說：「抓住那個腰紮草繩的小掱手，狠狠的敲打他，打斷他的骨拐，看他下回還敢不敢掱錢！」

一遇上這種人多嘴雜的場面，一個人帶頭起鬨，一群人就跟著起鬨，天王爺也鎮壓不下那種混亂。不容當事人朱老爹有什麼解說，前面就有人把那腰紮草繩的窮小子攫住了，那小子哇哇直嚷，但也蓋不過人群裡一片喊打的聲音，有人雙手反剪住他的胳膊，有人伸拳搗他，有人飛腿踢他，有人用鞋底兒摑他的耳光，有人朝他唾吐，幾個人湧上去，像架土匪似的把他架回來，一路上推推搡搡的不住手，罵罵咧咧的不閉口，也不知是誰手快，撕下一條拉布棚的繩索，要替那小子上綁，說是要把他吊在十字街口的廊柱上，用皮鞭抽他。

這時候，朱老爹才拾起帽子，牽了驢趕過來。

「失主來了！失主來了！」人們嚷說。

「您叫他孬走多少銀錢？」一個漢子扯著朱老爹說：「您權且說個數兒，一文錢，咱們抽打他一皮鞭，打完了，還得要他把錢包拿來還你。」

「你……你……你們大白天活見鬼！」朱老爹說：「誰說他孬過我的錢來？你們亂鬨亂叫的捆錯了人，又平空打了人家一頓，還不把人給放下來？」

「老爹說的不錯，」有人趕來幫腔說：「他就是鎮上的傻小子王大斗，怎會錯認是孬手！」

「不錯不錯，真是王大斗！」又有人說：「這場笑話鬧大了！」

那幾個急公好義的傢伙一聽，全楞了，你瞪著我，我瞪著你，一鬨而散的鑽進人群遁掉了，把王大斗留在廊簷下面。

朱老爹再看看他，一隻眼睛是黑的，另一隻眼眶是青的，褲子上印了好幾隻沾泥的鞋印兒，腮幫兒上也有一隻鞋印兒，印在腫大的那邊，嘴角朝另一邊歪吊著，牙齒縫裡拖出血絲來，雖說幾口吐在他額上的唾沫還沒乾，他全身也顯得很狼狽，但他一樣呲起牙齒，傻傻的笑著，彷彿剛才被人錯當掱手的，不是他自己。

「我的樣兒敢情是像個賊?!」他說：「要不然，就不會有這場熱鬧了！想想，倒蠻有意思的。」

「你叫王大斗嗎？」朱老爹說。

「我叫王朝觀，」小伙子說：「王大斗是他們替我取的諢名兒。」

「我叫朱紫貴，我是鎮西朱家圩來的。」

「您剛剛是在叫喚我？」

「是的。」

傻氣的王朝觀抓了抓後腦勺，有點兒困惑似的，把對方上上下下打量了又打量，這才問說：

「您找我有什麼事麼？」

「噢，這個……這個……」朱老爹覺得有些話，跟王朝觀初碰面，實在不便冒冒失失的說出口，便繞了個彎兒，打側面開口說：「是因爲在酒館兒裡，聽人說起你賣糧用大斗，驢死了不願埋，覺得你這個人憨傻得可愛，我很想認識認識你，跟你做個朋友，你不會嫌我冒失，嫌我老朽罷？」

「哪兒的話，朱老爹。」王朝觀說：「真箇兒的，在鎮上，沒誰肯跟我交朋友，他們都說我窮，罵我傻蛋，我想跟我那老黑驢做朋友，牠又死了，一聽您說要跟我做朋友，我叩頭還來不及呢！」

「那就好！那就好！」朱老爹說：「今兒我們是初次見面，我做個小小的東道，請你到北街陳大頭酒館去，好生炒幾碟兒下酒的菜，咱們盡興喝兩壺。」

「就依您。」王朝觀說：「下回要是進館子，還是您請我，——我不是貪吃，實在是沒錢。」

「走罷。」老頭兒說。

「走。」王朝觀爽快的答應著，順手替朱老爹把驢牽了。

那個陳大頭開設的酒館子，是鎮上最體面的大酒館，不但酒好，菜也做得極考究，朱老爹是西鄉的首富，店主人認得他，可也認得曾在館子裡幹過些零碎雜活的王朝觀：如今一見朱老頭兒竟夥著這傻小子，一道兒進鋪來喝酒，不禁驚得發了楞，一面招呼夥計替朱老爹牽牲口，一面鼓瞪著眼望著王朝觀，心想：這就怪事了！朱老爹怎會跟這傻小子同桌喝酒的？

朱老爹也沒理會旁人用怎樣的眼光看他們，逕自揀了張桌子，跟傻小子對面落座，點了酒菜來，在喝酒時，跟王朝觀聊天說：

「朝觀，你家裡還有些什麼人？」

王朝觀搖搖頭說：

「沒有了！我爹我媽全死了！驢死了，還有人埋呢，我爹我媽死在荒野地上沒人埋，……荒年裡，遍地死的是人，連驢都不如。如今只落我一個，兩個肩膀兩條腿，上面抬著一張嘴，想吃什麼沒什麼，常常餓得吐酸水！說苦麼，也夠苦的了。」

「那你是北地逃荒來的？」

「不錯。」

「我當年也是北地逃荒來的。」朱老爹嘆口氣說：「來時比你年紀還小，如今也算是苦過來，熬過來了！我勤苦一輩子，在這兒娶了親，落了戶，置了田產，蓋了莊院，也養了騾馬，可就常念著遠遠的老家，常想著當年飢寒的日子。——你來鎮上多久了？」

王朝觀小心翼翼的扳著指頭算一遍說：

「兩年多了。」

「全幹些什麼呢？」朱老爹抿了口酒說。

「啥事都幹，只要有工錢，能填飽肚子。」王朝觀說：「早先替糧行掌斗，他們說我不會糶糧，不久把我辭了。這兩年，我替人幹雜活，打短工，積些錢買匹毛驢兒，買到手就死了，我沒了驢，只好再幹雜活。」

「一時挫折不要緊，」朱老爹抹著鬍子說：「只要忠厚勤儉，終會發達的，這個，你夠了！——我還忘了問你一句：你在家有訂了親事沒有？」

「沒有，沒有！」傻小子說：「孤門小戶人家，誰肯來提親？如今更慘，我連一匹老驢還養不活，眼睜睜看著牠死掉，我怕沒那個命。」

「我看，你也該成個家了！」朱老爹說。

「不成，不成，」王朝觀說：「我頭頂上，連塊瓦片兒全沒有，還是跟三官廟的老廟祝說好話，他才肯讓我在廟廊下面打個鋪睏覺，身上蓋的是狗皮捲兒，頭下枕的是塊破瓦缸，雖沒成天端個瓢討飯，可也比叫花兒強不了好多，哪能談到成家娶媳婦？……如今我旁的事全不敢想，只想哪天積夠了錢，再買一匹驢就好了！」

「也莫這樣說，朝觀，」朱老爹又說：「要算討飯罷，後面也照樣跟個討飯婆呢！」

「要是我，我就不要拖累人家姑娘，跟我一道兒受罪。」王朝觀說：「我總不能讓人家光著屁股跟我捱餓，是不是？我那狗皮褥子也不夠兩個人睡的，成家要有屋，沒屋還成什麼『家』？」

「奇怪？」朱老爹皺起眉毛說：「人都傳說你怎麼怎麼傻，如今聽你說起話來，有板有眼的，並不怎麼傻嘛！我說，你年紀也不小了，就是不急著成家，親事也該早早的訂一門呀！」

「老爹，您是說說好聽罷了，」王朝觀說：「我不是喝了酒，在這兒說醉話，呃，呃，我只是打個比方，比方您身邊有個女兒，可肯說給我王朝觀這種傻蛋？肯讓她日後跟我過日子？」

「嘿嘿，你這個比方打得真好，也打著了！」朱老爹呵呵的笑拍著對方的肩膀說：「你說巧不巧罷？我身邊正好有個閨女，人還算聰明伶俐，模樣兒生得也夠俊俏，……我說的也不是醉話，我選女婿選到今天，多少人都沒選上，偏偏把你給選著了，你說你該怎麼辦罷？」

王朝觀一聽這話，凳子坐不住了，一屁股滑坐在地上，雙手摀住耳朵說：「老爹，這哪兒不是醉話？您明明是喝醉了！您是存心在誆我的。我是個流落外鄉的窮小子，你那兒就是高老莊，我也不敢冒充豬八戒呢！」

「我那兒也不是高老莊，你也不是豬八戒，」朱老爹過來扯他說：「朝觀，如今我只問你一句話，你到底是肯？還是不肯？」

王朝觀只是不肯起來，也不肯再說話。

「好！搖頭不算，點頭算，」朱老爹說：「你若不講話呢，就算是心許！咱們翁婿倆就換過信物罷！」他轉朝站在櫃台旁邊的店主人陳大頭說：「來來來，大頭老哥，央請您權且當個媒證，我那閨女，打今兒起，跟王朝觀這傻小子訂了親了！」

「他……他……他……他是喝醉了！」王朝觀說。

「是的，是的！」陳大頭一見這光景，也是難以置信，就三腳兩步的趕過來攙扶說：「朱老爹，您老人家今兒實在是喝得過量了，他不是您的女婿，他一個渾身砮子的小傻蛋，哪兒配做您的女婿來？……酒飯賬，我先替您掛在這兒，您改天再來結，讓我先扶您上驢回家去罷，……這事若是傳開去，對您家大姑娘不好呀！」

「不不不！」朱老爹說：「這兩壺酒，還醉不倒我！你是陳大頭，他是王朝觀，我分得一清二楚，我跟他已經把親事說定了，好像板上釘釘，想改也改不了！如今，您只要做個現成的見證，替咱們寫兩張訂親的紅帖兒，交換個信物就行。」

「就算當真罷，」王朝觀說：「我也沒有什麼好拿當信物的，我有心把上身破襖脫給您罷？裡頭是個大空心兒，連件內衣全沒有，若是脫了褲子，那連這門也出不得了呀！老爹。」

「誰要你衣褲來?!」朱老爹說：「你沒旁的好給我，我就取你腰眼勒的那根草繩罷。」

陳大頭在一邊使紅紙寫帖兒，聽了也覺好笑，便說：「您打算給他什麼東西呢？」

「一匹活驢！」朱老爹說：「這玩意兒給了他，立時就能派得上用場，另外呢，我再送他三兩零碎銀子，好給他去做販糧的買賣。」

這一切都像是真的，又像是假的，喝了幾盅酒的王朝觀怎樣也分不清真假來了，陳大頭寫妥紅帖子，王朝観也畫字在上頭，各人揣了一張。朱老爹把銀子放在桌角上，把驢牽來，把韁繩交在王朝觀的手上，自己卻笑口不絕的紮上草繩，捏著煙桿，搖搖擺擺的走了。

「陳……陳大爺，這算是怎麼一回事呀？」

一直到朱老爹的背影消失後，王朝觀這才回臉去問酒鋪的主人。

「傻小子！」陳大頭說：「你不是都見著了嗎？哪兒還用問我，你如今算是交了運，做了朱家的貴婿了！朱老爹是西鄉的首富，家裡沙田好幾頃，騾馬成群，單房單族沒子嗣，年近半百，才生下這麼一位寶貝姑娘，多少人上門提親他不允，今兒不知怎麼會揀上了你？該是你做夢也沒想到的事情罷？」

「沒想到。」傻小子說：「其實也沒什麼，人長大了，總要想法子討老婆的。我娶的是老婆，又不是朱家的錢財，只是這三兩銀子和一匹驢，我倒要一輩子記在心裡！沒有它，我如今就不能販糧是真的。」

說著，他也揣了銀子，牽驢回三官廟去了。

朱老爹揀女婿，偏偏揀上傻蛋王大斗的事情，立即就在鎮上傳開了。凡是講說這事的人，沒有不說朱紫貴這老頭兒是老糊塗的，孩子們更編出一些歌謠來，當街隨口唱著玩兒，尤獨是碰著王朝觀的時刻，他們一大群跟前跟後的，唱得更大聲了。

他們唱：

「朱老爹，選女婿，
說起來，真有趣！
王大斗，廟裡住，
又沒衣，又沒褲，
娶個新娘養不起，
怕要讓她光屁股！」

王朝觀不理睬他們，孩子們又換唱道：

「大斗遇上糊塗蛋，
又供酒來又供飯，
酒飯桌上把親許，
三兩銀子一匹驢！

老頭子，沒長眼，
又是挑來又是揀，
多少好的沒揀著，
揀了一個窮光桿！」

連孩子們唱的歌謠，都這樣的充滿了嘲弄和輕蔑，那些成人平常在背地裡談說些什麼，不說也可以想得到了！倒是那些糧販們，都來爲王朝觀祝賀，說些傻人有傻福的話，慫恿他爭口氣，好好兒的跟他們一道兒去馱販糧食，替他未來的丈人翁撐面子。

可是在朱家圩裡，那個被人笑稱爲糊塗蛋的朱老爹，遭遇可要比王朝觀慘得多了！

他回家一踏進門，老夫妻倆就起了風波。

朱大奶奶逼著朱老爹去找蔣鐵嘴，人坐在家裡等他回來，一直等到深更半夜，沒聽見驢叫，老頭兒就回來了，咚咚的像打鼓似的擂門，僮僕開了門，朱老爹踉踉蹌蹌的撞進來，晃晃盪盪站不穩，滿口醺醺的酒氣，牽去了的牲口卻沒見牽回來，打酒的葫蘆也不知扔到哪兒去了？帽殼兒全是泥巴和腳印兒，手捏著水煙袋桿兒，呵呵呵的笑個不歇，要不是得了失心瘋，就是在哪兒撿了個歡喜團兒吃了。

「老頭子，你究竟是怎麼了？」朱大奶奶扯著他問說：「怎麼這樣施瘋傻氣的，你的驢呢？」

「嘿嘿嘿，驢麼？」老頭兒說：「我拿牠換來了這個玩意兒了！」

他說著，拍拍腰上紮著的玩意兒，還把它解下來，遞在朱大奶奶手上。

朱大奶奶一瞧，可真的傻了眼了！荒唐透頂，可不是？他把一匹驃壯的驢丟了，不知從哪兒撿來這麼一截草繩子，髒兮兮的，簡直不像是人話，一時動了火性，便把草繩子扔在地上，用腳跺著說：

「你該死了，老昏了頭了！叫你上街去找蔣鐵嘴，你這個老天殺的卻把正經事扔在腦後，自管跑去窮喝酒！你黃湯貓溺灌多了，準是把驢給丟了。」

「我說，老婆子，妳甭冤枉人，」朱老爹彎腰去撿那條草繩兒說：「妳糟蹋我不要緊，可千萬甭糟蹋這條草繩，——咱們那寶貝女兒這一輩子，好歹都拴在這條草繩上頭啦！」

「你……你……你說什麼？」

「妳先平平心，靜靜氣。」老頭兒瞇著眼，賣起關子來說：「去泡盞熱茶給我潤潤喉嚨，我好從頭說給妳聽，像妳這麼氣勢凌人的樣子，我怎麼開得口呀？」

一聽說這事有關女兒的婚事，朱大奶奶沒奈何，只好先忍著，替他泡了盞熱茶來，才問說：

「你見過蔣鐵嘴了？」

「見過了！」

「他怎麼說？」

「他替咱們挑了個百萬豪富的好女婿！」老頭兒眉飛色舞的說：「我這人辦事夠快的，抓著那小子喝了一頓酒，面對面就把親事說定了！當時就央酒鋪的陳大頭，寫了兩份訂親的紅帖子，信物也換過了。」

「這條草繩是哪兒來的？」朱大奶奶說。

「是我拿三兩銀子，一匹驢換來的。」老頭兒說。

「不像話。」朱大奶奶說：「對方既是百萬豪富，什麼珍貴東西不好拿？偏要給你這麼一條破爛的草繩兒？顯見你是在說謊。」

「上有天，下有地，妳說話可不能這樣不憑良心！」老頭兒說：「妳跟我過了一輩子，聽見我說過一句謊話沒有?!……那小子身上一時沒帶旁的東西，這條草繩兒是他腰上繫的，我就順手取得來了！」

「天喲！」朱大奶奶儘管忍著忍著，卻越聽越忍不住，掩著臉叫說：「我把你的話當著人話聽，你卻越說越不對頭，越說越不像是人話了！腰上繫著這條草繩兒的人，哪會是什麼百萬豪富呀?!」

「我又沒說是現時。」老頭兒說：「我說的是他日後有發達，——是蔣鐵嘴拍著胸脯跟我說的。妳要是還不信，明兒我再上鎮去，把蔣鐵嘴請來家，當面跟妳說清楚，好不好？」

「我不論你說現時，還是說日後，他就是窮些兒，也不至於窮得紮不起一條腰帶，要用草繩兒呀？」

「他原想把上身破襖脫給我的，但我不忍心，」老頭兒說：「天這麼寒了，他只穿那麼一件空心破襖兒，裡頭襯的是皮肉，那豈不是要把他凍煞了？……當然，我更不能要他那條黑長褲，讓他出不得門，除此而外，他頭上沒帽，腳下無鞋，也只有腰裡紮的這一條草繩兒可拿，這……這，這怪得了我嗎？」

老頭兒錚錚的證說著，朱大奶奶又掩起臉，委委屈屈的叫了一聲天。她說：

「老不死的，你準是偷吃了漿糊糊住了心！你把女兒送給小叫花子，沒有打狗棍罷，好歹還有一隻討飯的瓢！那小子連這兩樣全沒有，算得什麼人呢？你這不是，不是存心坑害你女兒嗎？」

「說起這個人，也可算是遠近聞名，」老頭兒說：「他有名有姓的，名字叫做王朝觀，諢號叫做王大斗。初來鎮上時，確也討過幾天的飯。後來糧行老闆收留了他，在糧行裡掌過斗，小斗買，大斗賣，來生不欠閻王的債！後來他打短工，買了匹驢，驢死了，他又幫人幹些零碎活吃飯，如今，他借宿在鎮西三官廟裡，還有兩張狗皮褥子，那算是他僅有的家產。」

「甭說了，我的天！我聽不下去了！」

「不不不，」老頭兒說：「他父母雙亡，單身一個人，也很好，日後女兒嫁過去，不會有我這樣糊塗公公，更不會有妳這樣兇悍的婆婆，窮點兒，苦點兒，是他們小倆口兒的事，倒也罷了。」

一聽老頭兒這麼說，朱大奶奶兩眼一翻，氣昏在椅子上，好半晌才幽幽的緩過一口氣來，接著，啊嗬嗬嗬的大哭出聲，喊說：

「我的女兒啊，妳的命不該這樣苦啊！……妳爹這老糊塗，喝酒喝暈了頭，硬把妳朝火坑裡送啊……多少人家不好許親，偏要許給那個出名的傻蛋啊……」

朱大奶奶不哭則已，一哭就哭它個汪洋大海，老頭兒要是委屈點兒，忍忍氣，好言勸慰她幾句，也就算了，偏偏他人老骨頭硬，忍也忍得有限，一看朱大奶奶哭鬧下來，就擺出當家主的面孔說：

「我朱紫貴說下的話，是不能改的，帖子寫在這兒，是好是歹，命中註定了，妳哭死了也沒有用處！」

朱大奶奶平時跋扈慣了，哪能吃得下這一杯?!老頭兒話還沒說完呢，她就一頭撞了過來，兩隻手又撕又扯，又抓又撈，把朱老爹的大襖全撕裂了。

「我把你這個老天殺的惡貨，一口吞掉也不甘心！」朱大奶奶嚷說：「你快朝棺材裡爬了，還這樣的坑害女兒？要嫁，你自去嫁給他，我女兒不能嫁給那小子，跟著他喝白水，睏狗皮。」

「妳也太撒潑了，」朱老爹火說：「妳成天催我去找蔣鐵嘴，妳口口聲聲信鐵嘴，我照著鐵嘴的話做了，妳不信他，反而跟我鬥，把這種夾棍罪給我受，我……我怎麼受得了！」

「鐵嘴不會這樣說，全是你興出來的鬼！」朱大奶奶一口咬定說：「他就是不找個百萬豪富罷，至少也得找個門當戶對的人家，哪會挑著什麼王大斗？」

「妳也甭門縫看人看扁了，王大斗年紀輕輕的，又能苦，又能幹，沙灰還會發發熱呢！妳怎能斷定他日後不發達？妳女兒就會跟他苦一輩子？」

「世上有你這種人？不求現的，只求騙的？他發達不發達，誰有通靈眼看得見？你這一注兒卻下定了，你是把女兒押在賭檯上去碰運氣，即算碰得上，女兒的委屈也受盡了！」朱大奶奶說：「一個像王朝觀那樣的傻小子，即算運氣好，也是沙灰上的屰乞（螞蚱）——跳不高，那樣人多過田裡的地瓜蘿蔔，一腳能踢出一大堆來！虧你還有臉替他說話呢！」

「妳甭一味拉扯我。」朱老爹喘息說：「酒叫妳搖上來了，我頭暈。咱們有話好說……妳要怎樣呢？」

「明早你進鎮去，把婚書給退掉！」朱大奶奶說：「你就把嘴說爛，我也不相信你，那三兩銀子一匹驢，算那傻小子白落了，要我女兒嫁他，除非太陽打從西邊出，他此生甭做這個美夢。」

「那……那可不成！」朱老爹說：「要是傳說出去，說我朱紫貴哄騙那個傻小子，出爾反爾的去賴婚，我寧死也做不出這種事情來。」

「你不做？好！咱們兩口兒就沒完！」朱大奶奶恐嚇說：「明天我把這事告訴

女兒，就說：妳爹幹的好事，把妳許給鎮上的傻子王大斗了！她要是情願死，我也陪著她，讓你這孤老頭子一個人活，日後王大斗備轎來抬人，看你拿什麼給他?!」

「何必等到明天?」朱老爹說：「妳這就到後樓去叫她出來，當面把事情說明白，她不肯再說，她要是肯，我有辦法，——咱們家沒男子，女婿當成半子看，他穿得完？吃得完？就是那傻小子骨頭硬，不肯靠岳家，他總不能擋著我陪嫁?!大不了，我陪他一處房子，幾十畝好田地，也不會讓女兒凍著，餓著。」

老夫妻兩人把女兒叫出來，爭著跟她把這事說了，女兒倒是滿達理的，她說：「百萬豪富又怎樣？貧無立錐又怎樣？聽起來，王朝觀這個人心腸很好，又傻氣憨厚，不問蔣鐵嘴說什麼，也不管旁人怎麼說，爹替女兒挑的對了！說出的話，不能反悔，我日後再窮再苦，也不抱怨就是了。」

幸虧有這麼個女兒，才把一場風波平息了。

王朝觀訂了親之後，靠了他老丈人送他的那匹驢和那三兩銀子，跟丁二馱販、張馱販他們一道兒販糧。由於他自幼吃足了饑寒的苦楚，養成那種節儉的性子，算起積蓄來，總要比旁人多，不到兩年，他又在街梢租了一間門面屋子，開起糧行來。

他開行，還是按照他那脾性，小斗進，大斗出，有些貧戶家來糴糧，他糶的份外滿些，這使他成了名符其實的王「大斗」了。

若說發達是談不上的，他把辛苦販糧的利錢，都從斗口上貼掉了，論起傻氣來，他還跟往年一樣，不過，人總算成年長大了，也略略顯得穩沉些了。有人說：

「這兩年，大斗沒有再鬧笑話了，好像也傻得好些了呢！」

「這得歸功於他的老丈人，大斗變得穩沉些，全是他教的。」聽話的人都這麼說。

事實也是這樣：自從有了王大斗這麼個女婿，朱老爹的腳板就像抹了油，上街上得勤快起來，三天兩日一趟街，每來必找王朝觀，翁婿兩人一道兒進館子，天南地北的無話不談，朱老爹來了不空手，不是替他帶點兒吃的，就是為他帶些穿的。

王朝觀呢，也不像當初那樣衣衫破爛，一臉油污邋遢了，聽說他換上的那些新衣新褲、新鞋新襪，都是朱家大姑娘替他縫製的，穿上了又合身，又氣派，縫工精細得很，使王朝觀成了個體面的年輕人。

朱老爹看他糧行生意忙，他又要出門運糧，實在分不開身，就替他定下日子，幫他張羅一切，把女兒一轎抬了過來。陪嫁的東西不少，除了一應傢具被褥之外，老丈人還替他買下了那間門面房子，另外陪上了幾十畝青沙的田地。

朱家大姑娘過門後，並沒一點兒嬌生慣養的小姐習性，人說王朝觀勤快，她比王朝觀更勤快，成天起五更睡半夜的幫著王朝觀忙裡忙外，但小倆口兒辛辛苦苦賺來的錢，都在那大斗上面貼出去了，光是忙，就是不發家。

小神仙蔣鐵嘴，還爲這事跟鎮上人抬大槓。

「你說王大斗日後會變成百萬豪富？咱們可不能相信！」有人跟蔣鐵嘴說：「傻小子的狗頭運氣，還不是靠他老丈人帶來的?!新娘子又能幹，又能刻苦，保著他這個家不墜，業已算好的了，像他那樣大斗糶糧，貼本賣出去，怎能積聚起更多的錢？」

「我說他會發家，他就會發！」蔣鐵嘴說：「要不然，我這招牌上就不敢寫上『小神仙』三個字了！若是單靠他老丈人送他的那點兒田地和一幢小房子，算得了什麼？……命相不是人能解得的，他究竟怎樣發家？連我也不知道！」

「除非天上掉下金銀財寶來，」說話的人說：「要不然，就是他掘地掘著了地母（傳說是一頭活的金牛）！」

「那，」蔣鐵嘴說：「那是命相之外的事情，我就更不知道了。」

也有些糧販子戲對王朝觀說：

「小神仙蔣鐵嘴硬說你日後要發家，你到底是怎麼發法兒？不妨跟咱們說說看。」

王朝觀搖搖頭說：

「聽他的瞎話！我但願糧行能開下去，沒有疾病災殃就夠了，誰真要發家來？一人富了九家貧，發家並不是宗好事兒。」

「咦，傻小子居然出口成章了！」

「不不不。」王朝觀紅著臉，傻笑著朝屋裡新娘子呶嘴說：「全是她教我的。」

「有意思！」張馱販插科打諢說：「大斗呀，你說話要人教，生孩子的事，只怕也要她教你罷？」

「你這玩笑開得晚了，」丁二馱販說：「新娘子有喜啦！咱們的大斗再傻，總見過驢打駒兒，難道這點兒把戲也要跟誰學嗎？」

他們說著，笑鬨鬨的走了。

那年秋天，新娘子做了媽，替王朝觀一胎生下兩個兒子，人們真的相信王朝觀有福氣，但他還沒有發家。

也就在王朝觀生了兒子的時刻，鎮上來了個豪客大老爺，說他姓康，人都叫他康大老爺。這位康大老爺約有五十來歲年紀，說起話來，滿口京腔，說他是京城裡下來的，要找人替他收買四鄉所有的高粱，說他打算在這兒開一爿大酒槽坊，製酒銷到各地去。

康大老爺不是本地人，對於糧食行情也弄不太清楚，有意把收購高粱的事委託給糧行經紀，同時想把籌備酒坊的事情，一併交給收糧的糧商去料理。

這位康大老爺手頭極闊綽，出價高，籌備酒坊的款子又巨大得嚇人，算是歷年來鎮上最有大利可圖的事情。鎮上的糧商為數不少，除王朝觀一家之外，綜合起來還有十七家，十七家糧行老闆一聽著這消息，就紛紛趕到康大老爺落腳的「連陞客棧」去拜謁，有的遞帖子，有的備厚禮，有的設宴席，方法雖是各有不同，心裡卻是一個意思，——想承攬這宗差使，居中大撈一筆。

事實也是如此：一連三個秋季大豐收，一眼望不盡的鄉野地上，每戶人家的倉裡甕裡，都囤滿了高粱，高粱的價錢便宜到幾乎不值錢的程度，收購起來又極為方便，若按這位豪客開出的價錢，一斗夠買進兩斗的，轉眼就賺進一倍來，何況開辦酒坊的鉅款，又可以存進縣城的大錢莊生息呢！

「誰要是攬得這筆破天荒的大生意，誰就發了橫財了！這種利有多麼大呀！」

「他究竟要包給哪一家承辦呢？」

「他還沒打定主意，誰去看望他，他都說是：再商量，再商量。」

「聽說他籌辦的酒坊，是各處規模最大的，一共要裝四口蒸鍋，開六十四個槽池兒，一池合四十八擔高粱，所以，光是堆放高粱米兒的大倉房，就要蓋起七棟五間通的大瓦房，裝得上萬擔高粱。」

「這就難怪了，」一家糧行老闆聽了，噓了口氣說：「人家想要創業來的，對這一行雖沒經驗，卻有精明的打算，總得要打聽清楚了再發包的。」

糧商們日夜都在揣測著，議論著，誰都希望這幸運落到自己頭上來。幾個跟王朝觀處得很投契的馱販聽著了這消息，便都急匆匆的趕到王朝觀的糧行來，把這消息傳告給他。

「我說，大斗，你千萬不能坐失這個機會。」丁二馱販在說完這消息之後說：「你這爿糧行雖小，好歹也是一爿糧行呀！」

「蔣鐵嘴說的不錯，」張馱販提起舊事來說：「並不是咱們哥兒幾個慫恿你，委實是你發家的機會到了！他們既能承攬這事，你也能。」

「算了罷，」王朝觀搖頭說：「橫財不發家，我不稀罕它，討了便宜柴（財），去燒夾底鍋，壓尾還是沒什麼好處！用得著打扁了頭去鑽麼？」

「這倒不是撿便宜，」丁二馱販說：「這可是一筆正正當當的交易，咱們勸你做交易，可沒勸你去吃外扒撈黑錢！」

「你只要能接下來，要用上咱們，咱們都情願幫襯你，替你跑腿打雜。」張馱販說。

王朝觀沒有話好講了，回臉叫他媳婦說：

「妳教我講的話，我都照著講了，還是搪不住他們，妳自己來跟丁二爺、張大叔他們說罷。」

「哈哈哈，」丁二馱販大笑說：「我正奇怪著，這些時，大斗怎麼這樣會講話？原來都是新媳婦扳著嘴教的！這可是斗口朝天——現了底兒了！」

「妳快來，妳快來！」王大斗叫他媳婦說：「他們都在笑我呢！」

這時候，王朝觀的新娘子掀簾子出來了，笑著說：

「諸位大叔，你們明知朝觀人太傻氣，只能平平安安的做些小買賣，這筆交易太大，他怕接不下來，要他接呢？他又不會呵奉人、鑽門路，除非，除非那姓康的老爺自己找上門！」

糧販們散走了，那天夜晚，康大老爺假陳大頭的酒館請客，旁的糧商都到齊了，只差一個王朝觀，王朝觀沒來活動，康大老爺根本不知道鎮上還有這個人。

酒席檯前夠熱鬧的，那些糧商以為是承攬大生意的機會到了，一個個擺下笑臉來，迎向康大老爺的下巴，雖不像是一窩蠢蠢欲動的蛆蟲，卻也像是一群嗡嗡振翅的、貪婪的蒼蠅！有的窮吹牛皮，有的一味拍馬屁，有的存心烘托，有的百般奉承，其中一個糧行老闆更可笑，那康大老爺並沒有做壽，他卻送了副鏡框兒，裡面寫的是：

「福如東海長流水，

壽比南山不老松。」

簡直是離了譜兒了。

康大老爺看了，也沒說什麼，只管談論著收購高粱和籌設酒坊的事情，越說越使得糧商們心癢。

酒過三巡之後，康大老爺說了：

「古話說：有錢能使鬼推磨，這話不知是真是假？像我來說罷，我得承認自己是個有錢的人，確也發過些奇想，想買兩個小鬼來，要他們推磨給我看看，可是世上哪兒找得著鬼來？」

「只要您肯出錢，不怕沒有鬼。」送鏡框的那個糧行老闆說：「我就是個鬼。」

「你算什麼鬼？」康大老爺說。

「油炸鬼（即油條之土稱），」那個人說：「大老爺，我打個比方您聽聽罷，比如您是一鍋油，我寧願變根油炸鬼，只要身上有油水可沾，我就赴湯蹈火的跳進您那滾油鍋去洗把澡，翻身打滾給您看！就算叫炸得焦頭爛額，肉裂皮開也不要緊。——總算是嚐著油香味兒了！您這筆生意，就讓我包了罷。」

「嘿嘿，你這比方打得真有趣。」康大老爺說：「你是油炸鬼了，旁的人是些什麼鬼呢？」

「咱們全都是鬼！」另一個糧商不服氣的叫起來說：「有生意，大夥兒都能包，像我罷，我就是個一等一的機伶鬼，決不讓大老爺他吃虧。」

「我是算盤鬼！」又一個站起來說：「三下五除二，黑白見分明！該您得的由您得，該我賺的由我賺，您總該信得我罷？」

「不不不，」康大老爺搖頭說：「這不是一筆交易，這是一次委託，我在這兒待不幾天就要回去，我想找一位忠厚誠篤的人，把事情整個兒的託付給他，也許我眼拙，一時還沒找得著這麼個可靠的人！」

這話一出口，剛剛那些情願充鬼的傢伙，一個個全又搶著爲人了！

「鎭上一共有多少家糧行？」康大老爺這才把話引上了正題，笑著問說。

「十八家。」一個糧行老闆說。

康大老爺一點數說：

「在座的一共十七位，還有一家沒到。我想該著人去請才好。」

「我看不用了罷。」那個糧行老闆說：「那家糧行沒有幾張扁，實在算不得糧行，再說，開行的是個傻小子，討飯出身，早先也在我的行裡掌過斗的。」

他不但這麼說，還當著康大老爺的面，繪聲繪色的，把王朝觀諢名叫王大斗的由來，買驢惹起的笑話，走狗頭運娶了媳婦的趣事，連嘲帶損的描述了一番，到壓尾，他打趣的說：

「大老爺，像他這樣的人，您找他可不是白找？您有多少錢夠他貼的？」

「不，」康大老爺說：「聽你這麼說，這人傻雖傻，卻是滿誠篤的一個君子，他沒來看我，明天我倒要去看看他。」

他這麼一說，那些糧商的臉全長了。

二天，這位康大老爺當真去看王朝觀，三句話一說，就把籌辦酒坊跟收購高粱的事情全託給了他。

王朝觀不肯承攬，對方偏要託付給他，逼得王朝觀硬著頭皮答允了，這位康大老爺取出一張銀票，塞在王朝觀的手上說：

「你我都是直性人，做事爲人夠爽快，說了話，就算數，這筆款子交給你，建酒坊，蓋磨房，搭槽棚，打鍋爐，請酒師傅跟夥計，另收一千擔高粱入倉，我想該夠了！……我因還有旁的事，不能多耽誤，立時就要回京城去，明年夏天我再來，還望你多勞累，多幫忙！」

說完話，他就走了。

王朝觀把銀票拿給他媳婦一瞧，她驚叫出來，跟王朝觀說：

「天底下哪有這種荒唐事?他——康大老爺，連個名字全沒留下來，委託你辦這許多大事，連一份合同也沒寫嗎?」

「全沒有。」王朝觀說：「他說他信得過我。」

「這可不是鬧著玩的。」媳婦說：「你知這張銀票上寫的是多少錢?明明是五千兩銀呢!」

「管它呢，」王朝觀說：「用不著大驚小怪的，是多是少，全是人家的錢，我愁的是辦事該怎麼辦法兒?妳拿主意，我跑腿打雜罷!」

「酒坊到底怎麼籌建，我也一竅不通，」媳婦兒說：「我看還是把我爹請的來，讓他拿主意。」

小倆口兒把銀票壓在枕頭底下，整夜沒睡得著覺，天還沒亮呢，傻小子就騎驢下西鄉，去請他老丈人去了。

無論女婿怎麼說，朱老爹也不肯相信王朝觀會遇上這種稀奇透頂的事兒：一個遠地來的陌生人，竟肯把這樣大的事情，三言兩語託付給他?又肯丟下紋銀五千的銀票不要寫字據，只怕聖人也不肯這樣做罷?等到他到鎮上看見那紙銀票，才相信是真的。

康大老爺託事留銀的事情，不幾天又傳遍了全鎮。

朱老爹親自進鎮去兌銀子，又把莊子上的佃戶僮僕全喚進鎮來幫忙，分騎著牲口，去四鄉八鎮貼帖子收購高粱，著人買地皮，買磚瓦木料，鳩工興建大酒坊，到北地去禮聘造酒的師傅。前後不到半年的功夫，酒坊建成了，磨屋、倉庫、木甕、鍋爐、槽池、麵房全完了工，千擔高粱入了倉，開始磨麥踩麯，蒸高粱拌麵粉入池，二年一開春，就起爐蒸酒。

辦完這些事情，還剩下四五百兩銀子，朱老爹把一本賬交給女婿說：

「朝觀，事情就是這樣辦的，雖是替人家辦事，錢不落人家的，你卻也學了不少的經驗，長了些兒學問，收高粱時，你賺了幾百兩銀子，我交給你媳婦了，這本賬和剩下的錢，等那位康大老爺來後，你自家交給他罷。」

老丈人走後，王朝觀不但要開他自己的糧行，還要替康家酒坊管事，他人傻不懂賬，媳婦就成了賬房。

按說新開的酒坊，酒味要比老坊薄，香醇勁兒差，多少還該有些磚土味，但是「康家酒坊」一出酒，酒香酒色都壓倒了鄰鎮的幾爿老酒坊，貨既真，價又實，不兩個月，「康家酒坊」的招牌就創開了，酒也行銷得分外的好！

「我們總算受人之託，沒把事情辦糟！」媳婦說：「算日子，那位康大老爺該來了！」

「這兒還多下些銀子，我們益發替康大老爺買塊用地罷，」王朝觀說：「買塊田地，自己種點高粱，省得每年都要花錢買，可不好嗎？」

「你這傻人傻主意，也真好。」媳婦說。

旁的事情沒出岔兒，因爲不是老丈人辦的，就是媳婦辦的，等到王朝觀一辦事，可又鬧了笑話了。——他花了四五百兩銀子，買了一塊淤泥大窪兒，那塊大窪兒靠著靈河叉口兒，每年都淹水，春天冬天現田地，夏秋一到，就變成一片淺湖潭兒，什麼莊稼都不能長，只能長些野勃勃的水蘆葦。

等他回來跟他媳婦說起他買的是哪塊地時，她叫了起來說：

「你知道，那幾百兩銀子不是我們的，要是我們的，你買下那沒用的荒湖窪兒也罷了，莊稼不能種，養魚也是好的，但你替人家康大老爺辦事，花了大錢，買了廢地，那怎成？如今，你只好把田契換成你的名下，我們湊足銀子墊還給人家。」

四五百兩銀子也不是好湊的，媳婦拿出收購高粱時賺的錢，又賣掉那幾十畝青沙田和糧行的房子，才湊夠那個數目，這樣一來，王朝觀替人辦事，沒落半點兒好處。

轉眼到了約期，那位康大老爺卻杳無消息……

傻王朝觀錯買了荒湖窪兒的笑話，又在鎮上轟騰著，全說他旱田不要要水澤，日後要改行去撈魚摸蝦去了！不過，王朝觀夫妻並沒真的帶著兩個孩子去撈魚摸蝦，他一直替康大老爺看守著酒坊。

從此以後，那位康大老爺一直就沒回來……

王朝觀夫妻倆老了，孩子、孫子，還在替那康家守著店，那爿大酒槽坊，仍叫做「康家酒坊」。更由於經營好，進益多，康字招牌一直從鎮上掛到縣城裡面，計有康家油坊、康家絲貨店、康家染坊、康家通字錢莊，大大小小十幾處，這些店鋪裡的賬目，一筆筆清清楚楚，爲了日後要向康家交賬。

那年黃河起大汜，黃沌沌的水溜滾進靈河來，把王朝觀名下的那塊大窪兒變成一座數里寬長的湖，水退後，發現那不再是淤田黑土，上面蓋滿黃沙，不幾年，黃沙和淤土混合，就能開耕點種了，那塊田地，就是今天的王家沙莊……。

加農大伯又告訴我們，說王朝觀曾帶了管賬先生，雇船上京去找尋過那位康大老爺，前兩回沒找著，最後一次，打聽出康家的子孫在另一個北方的大城裡開設珠寶舖，是北方最大的豪富人家。

他趕至那座城裡，找著那珠寶舖的主人，探問他有沒有像康大老爺那種相貌的祖先？

主人是個青年人，聽了說：

「聽您老人家描述那個人，模樣兒好像我的叔祖父，不過，後輩我生的晚，也沒有見過他，聽說他是個神經兮兮的怪人，跟我祖父分家折產後，他確是帶著一筆錢到南邊去過，回來沒幾時，就得急症死了，您找他有什麼事情呢？」

「我來向他交賬的。」年老的王朝觀說：「他死了，這本賬我該交給您了！」

「我不能接這本賬。」那青年人說：「叔祖、家父都沒交代過，它是您的！它本該是您的。」

他看見王朝觀仍不肯走，又說：「這樣罷，您要是實在不安心，我倒有個好辦法，——您回去開一張五千兩銀票，捐給善堂，那是我叔祖當初借給您的，您捐了，用我的名字，這筆賬就算清了，我不再留您了！」

王朝觀回來後就死了，埋在一座大墳裡，那墳，我們鄉人都管它叫朝觀大墳，任誰提起王朝觀，都尊稱他叫朝觀太爺。

朝觀太爺死了，但他的故事仍在流傳著……

你也許覺得這事太傳奇，太荒謬了，但講的人就是這樣講的，我不想另外加添什麼，也不願減去什麼，當然，這種樣的傻氣的君子人，在現代，已經近乎絕跡了，就算荒謬點兒又何妨呢？

轇轕

曹敦文背袖著手，站在大廟山門前高高的石級上，山門面對著這鎮市當中的方場，元宵夜流動的花燈，千百盞影影綽綽的光球，在他腳下簇湧盤迴著。看花燈的人爭朝高處擠，黑壓壓的人頭，把早春浸寒的大氣全擠熱了，蒸發出臙脂、髮油、脂粉、菸草混合的氣味，盪漾著一股早來的春情。

「少爺好興致，」有一張熟臉子擠過曹敦文的眼前，跟他打著招呼：「騎著牲口，老遠的趕來看燈會。」

曹敦文只是笑著，隨意嗯了一聲。在集鎮上，他也許認不得幾張人臉，但很少有人不認識曹家這位大少爺的；鄉鎮上的人，沒誰知道潘安、宋玉究竟是哪朝哪代的人，若論起風流蘊藉來，他們卻會拿潘安、宋玉來打比方，硬指說：就算他潘安、宋玉在世，充其量不過就像曹家大屋的曹大少爺這個樣兒罷了。

這種比興，武斷也許武斷了一點，誇張卻未必誇張；曹家大屋打他們那位埋在大墳裏的一世祖朝後數算，接連著十三代，代代單傳，在鎮上的白家興起之前，論門第，論文采，論人品貌相，百里之內，數來數去也還是數曹家。

曹敦文的祖父中過舉，父親更是文名藉藉，替曹家門前掙來第二根旗桿，臨到這位少爺，六歲啓蒙，塾師教了三年教不下去了，捲起行李辭館時，逢人就讚嘆說：

「嗨，敦文這孩子，算是生不逢辰，臨到廢科舉的時刻才到世上來，要不然，我敢說他比乃祖乃父全強，真真實實是掄元的材料。」

而這位曹大少爺並沒爲自己抱屈過，對於豎在曹家大屋前那兩根旗桿所代表著的功名，根本無動於衷，倒對千百年前寫下《洛神賦》的曹子建傾慕不已；許是這種鄉角落裏沒出過像宓妃那樣出落的女孩兒罷?曹敦文才沒寫過一篇可跟《洛神賦》媲美的詩文，年近廿了，也還遲遲的沒能訂妥一門親事。

以曹家大屋這樣顯赫的人家，這樣有著出色品貌和才情的少爺，在習慣早婚的地方，十九歲還沒訂親，不能不說是一宗使人竊竊議論的大事；當然，遠近來提親的人家不在少數，甭說曹大少爺看不上眼，首先就通不過曹大奶奶的那一關。

曹大奶奶挑兒媳，不像兒子那樣論巧論慧，論貌論才，論大方論溫柔……除了這些之外，她首先要兒子能娶個有「宜男」之相的姑娘，隆胸豐臀，使十三代單傳的人家，能打這一代起變得人丁興旺，子孫繁衍，其次是要門當戶對，不能辱沒門前這兩根旗桿，旁的不談，單只這兩項條件合在一起，那就夠難的了。

「不急乎，慢慢的挑揀，總能替敦文挑著一門適合的親事。」這種話，已經變成曹大奶奶的口頭禪了。

大奶奶可以不急乎，曹敦文心裏可是急乎得很，這些年來，他在書冊裏讀到很多很多使他意興飛越的顏如玉，巫山的神女，洛水的仙人，《聊齋》裏慧黠的青鳳，浣紗溪上色傾吳越的西施……但那總是空的，他的枕下壓著《紅樓夢》，這些年甭說沒見過活的黛玉，連個寶釵也沒遇上。

上元節，他騎著牲口，讓老長工曹福陪他到鎮上來看燈會，他眼裏看的並不是燈，而是那些拎著花燈出遊的妙齡女孩兒。

在這沙塵僕僕的集鎮上，平常一片荒寒，大戶人家的閨女，很少出門走動，一年裏，也只在上元燈節，她們才成群結隊，打扮得花枝招展的上街，用她們手紮的彩燈映著她們自己的倩影，在燈月交輝的街道上，一路拋撒她們嬌怯怯的笑聲。

方場上的燈花比天上的星還密，滿地都是跳動的人影，月亮還沒出來，各式各樣的花燈似乎已經上齊了。一班鑼鼓流水敲打著輕快的點子，一條從頭至尾節節通明的龍燈，在方場中間盤舞起來，一個粗眉大眼的村女，腰上嵌著一匹白驢兒燈，或前或後的跳躍，那白驢便擺蹄昂首，晃耳晃尾，像活驢似的走動起來。八仙過海燈，白鶴亮翅燈，麒麟送子燈，放置在長長的燈盒上，由人扛著走，燈的行列一直迤邐到街外很遠的地方。

從曹敦文面前經過的女孩兒，少說也有百十來個了，那些庸俗的脂粉看得他有些心煩，使他覺得，與其待在鎮上看燈，還不如早些回去挑燈舒卷，然後閉目神遊呢！看來某些傳奇章節裏描敘的上元豔遇，全屬子虛，要不然，自己怎會遇不上一個絕色？

「曹福，曹福。」他扭頭叫喚了兩聲。

「曹福在這兒啦。」老長工笑吟吟的擠過來說。

「牽牲口來，我得回去。」他說：「牲口呢？」

「牲口拴在廟裏的梧桐樹上啦。」曹福打著哈哈，更湊近一些，低低的說：「少爺，這回陪你來看燈，大奶奶她特意交代過我，要我暗中幫少爺你掌掌眼，看看有沒有適宜的姑娘？假如咱倆都看的中，要我暗中跟著踩一踩（即打聽打聽之意），看是哪門戶的，……若果門戶相差不遠，那就八九不離十啦。」

曹敦文抖一抖袖子，把銀灰鼠長袍袖口裏抖落的兩隻雪白的水袖重新捲上，虛撣了一撣，笑應說：

「說真箇兒的，曹福，究竟是我娶老婆？還是你娶老婆？」

「那……那……當然是少爺你娶。」曹福縮著脖子，擠出一串咯咯的笑聲：「不過，你娶了親，也就是替我曹福娶回一個大少奶奶，我在一邊掌掌眼，總不能說是狗拿耗子——多管閒事罷？」

「我娶親，你掌眼，這算哪一門兒？我不信大奶奶她真會這麼交代你！她怎麼說來著？」

「言語上是沒交代，」曹福說：「眼神上確是交代了的，也就是說，我揣摩得出她的心意，就像如今揣摸得出你的心意一樣。」

「少在那兒風涼了，快去替我牽牲口，」曹敦文笑罵說：「大廟裏那棵梧桐，是老和尚心眼裏的寶貝，你要把牲口拴在那兒，啃脫了樹皮，老和尚會像唸經似的咒上你三天。」

「罵我不要緊，只當他罵驢的，」曹福說：「偏偏和尚不罵驢，所以也罵不著我曹福，你放心。」

「和尚罵驢不罵驢，你怎會知道？」

「當然嘍，」曹福理直氣壯的：「普天世下，一筆寫不出兩個驢字，有毛與沒毛差別點兒罷了！」

月亮出來了，扁扁大大的一輪圓月，黯黯沉沉的，彷彿是一隻色調幽古的銅盤，輝亮在一片灰藍色的底子上。沒有一絲風，春夜的空氣很軟，很濃。曹福不肯去牽牲口，曹敦文爲他出了個題目：

「我說曹福，假如是你在選，你選哪個？」

「耍白驢兒燈的那個就不差，」曹福咂著嘴唇說：「你瞧，瞧她那屁股，鄉角有句俗話，說是：大屁股頭子，肯養兒子。大奶奶她最著重這個，進門就抱孫子，她好早些安心。」

曹敦文搖搖頭，不再說話了。跟曹福這等憨樸的鄉愚，說也說不通的，他總認定兩奶高挺屁股圓的女人就是天生的好老婆，那些粗俚言語，簡直有辱斯文。他越是扭過臉去不搭理，曹福的話可越多，而且嗓門兒大得使人臉上發熱。

「大少爺，這回燈會上，你要再不揀中一個，大奶奶非鬱出病來不可，你知她這兩年爲了一個兒媳進門，勞了多少心，費了多少神？」

「你那嗓門能不能放低一點，用得著敲起八面鑼，當街大喊嗎？」

「要我不喊也成，你可不能叫我乾著急，」曹福說：「大廟裏，老和尚懸了很多燈謎，有些姑娘家也擠在那兒猜，你可以去瞧瞧，誰最有機智？誰最有才情？……南大街聽說搭了一座丈八燈樓，各式花燈疊成鰲山，總該過去湊湊熱鬧罷？你真要來了就走，大奶奶她會罵我曹福沒心眼兒。」

「南大街那座燈樓，不會是白家搭的罷？」

曹敦文也只這麼淡淡的點了一句，老曹福那張臉就因爲某種緣故冷下來了。

俗話說是：一座山頭容不得兩隻老虎，一個鄉角落容不得兩個財主，也許確有幾分道理。年輕的曹敦文也弄不清曹白兩家究竟有過什麼樣的轇轕？究竟是打何時交惡，互不往來的？事實是，不但兩家不往來，連兩家的下人提到對方，都會露出不悅的神色。

「我說少爺，燈樓要真是白家搭的，你不去也就罷了。」曹福說：「大奶奶要是知道是我慫恿你去看白家的燈，我可擔當不起！……像那種暴發戶，就算有心靈手巧的，也紮不出什麼樣雅緻的燈來！」

「看看燈有什麼要緊？看看他們的燈俗到什麼程度？回去就算大奶奶她問起我，我決不推說是你慫恿的，不就得了?!」

「少爺，你究竟是來看燈？還是打算看人呢？」

「燈也看，人嗎？當然也看。」

「若果是看燈，倒也罷了。」曹福說：「你要想看人，我看還是不去為妙。白家的那些女孩兒，看了也是白看，她們就算願進曹家門，大奶奶她也是不會答應的。」

「怎麼？白家的閨女看也看不得？」曹敦文說：「她們是青面獠牙的醜八怪？還是些盤絲洞裏會迷人的妖精？看著了會出大毛病？」

「看當然看得，」曹福說：「你沒聽人說過：白家閨女一大窩，一個一個差不多，鵝蛋臉，柳葉眉，細皮嫩肉，像一個模子裏脫出來的。」

「這不就得了，巷我牽牲口罷。」

「慢著，少爺，我的話還沒說完，……白家閨女，看是看得，萬一看上了，卻是娶不得。這句話，大奶奶她原該對你說過的。」

看得娶不得？曹敦文心裏疑惑，眉頭便很不自然的攏了起來。常年待在書齋裏，沒誰跟自己說過太多外間的事，不過，關於曹家和白家早年的一些傳說，倒零零星星聽了一部份，那也還是老曹福不知打哪兒販了來的！……即使那些古老的傳說是真的，也不至於使曹家和白家世代不睦到這種程度！當然，若依那種傳言，兩家的轇轕是有的，那卻是若干代之前的事了！

「曹家人丁不旺，世代單傳，跟一世祖晉陽公起的那座大墳有關。」當初老曹福叨著旱煙桿兒，是這樣慢條斯理說起來的：

「曹家在晉陽公在世的節氣，最是興旺，一口氣買進兩三百頃河灘地，兩座大油坊，六七爿南北貨店和一處座落在縣城東南的鼎泰錢莊……

晉陽公過世那年，北地正鬧大荒，按理說，落葬的排場小些，節省些錢財去放賑，不也是行功積德嗎？偏偏要聽信遊方術士的話，起那麼一座青石大墳，悄悄的買了活童男活童女陪葬……」

真不敢相信，在那種年成，人命就那樣的不値錢？童男童女加在一起，才合一擔八斗糧，賣兒賣女的也真狠得下心腸，明知賣在曹家是作童男童女陪葬的，爲著那九斗捱命的糧，還是捨了自己分出的血肉。……大墳是一體青麻石疊成，石灰混著糯米汁彌縫，童男在左廂，童女在右廂，晉陽公落葬時，他們隨著被活封在裏面。

說來曹家好像並沒虧待誰似的；人，是拿糧換來的，一個改叫曹金，一個改叫曹玉，就算他們真是天上的金童玉女星罷，流落在世上熬荒熬旱，忍飢受寒，還不如早早的回天歸位，重新轉世爲人呢！……

封墳時，兩個四五歲的男女娃兒每人被分開守著，三口粗大缸，滿滿一缸油是點燈照亮用的，缸底盤著酒盞的棉燈芯，另外兩口缸，一缸裝著果點，一缸裝著清水，就讓他們在那密封的石窖裏熬著日夜不分的時辰，總有油乾燈熄的時刻，沒誰知道童男熬贏了童女？還是童女熬勝了童男？

「你知那對童男童女是誰家賣的？那就是如今發達了的白家。」曹福提著白家，鼻音就重了起來：「不錯，曹家擺排場，傷陰德，但則白家的祖先狠心賣出兒女爲人陪葬，這種爲人父母的，不該下地獄眼兒？」

也許就因爲該下地獄眼兒的白家不但沒下地獄眼兒，反而由流落戶成爲暴發戶罷，曹福講起那家人，就顯得有幾分咬牙切齒，彷彿連掌管生死福祿的司冥也遭了他的埋怨。

「甭瞧他們高門大戶的神氣，炸鱗抖腮的暴發戶，連我曹福也懂得作嘔心！」

若照曹福嘴裏那樣的形容，白家簡直不值幾個大錢，三四代之前，租賃南大街金家的宅子，開設白家檔子店，兼營澡堂生意，而這兩門行業，在一般人眼裏，多少有些那個……

「就算不笑話他們的出身罷，發財也該正正當當的發，誰像他們靠邪財發家的？」曹福提起那宗咄咄的怪事時，鼻尖上翹，腦門的皺紋結成一大把疙瘩：「白虎堂子，你聽說過沒有？」

曹福那種虛晃一槍式的問話，答不答全不要緊，話剛問出口，他就叭了兩口的煙，滔滔不絕講了起來。……

金家老宅子，原就有邪物作祟，一鬧鬧了許多年，鬧得金家門庭衰敗，才租賃給白家開澡堂子，那座澡堂子平素也見不出什麼怪異，但則每年都會鬧出一次怪事情，有人進了澡堂不見出來，橫樑上空懸著一套衣裳……

「宅子蓋在白虎頭上，才惹得妖物來啖生人。」曹福一口咬定就不放鬆，彷彿不攫著白家糟蹋糟蹋，出不了那股無名的怨氣。

「早先幾年，失蹤的都是外方的單身過客，除了茶房白撿幾套衣裳，外人還沒留意得到；有一年，你高祖如靖公，在縣城裏盤掉那座錢莊，帶著大宗錢票回來，天黑到鎮上，正遇著暴風和大雪，便落宿在白家的棧子店裏，飯後，他說要到隔壁澡堂去燙把澡，人進去了就沒出來，照樣有一套衣裳在橫樑上掛著……

當然嘍，曹家大屋的當家主兒失蹤，任誰也遮瞞不了的，鎮上有人親見他投宿白家檔子店，親見他進澡堂，他的行囊仍在檔子店的客屋裏，牲口也拴在檔子店的馬槽上，那套衣裳經過靖大奶奶指認，也確是如靖公生前穿著的衣裳，就是人沒有了！

為了這宗怪異的案子，曹家跟白家打了兩代官司，不單打人命官司，還連帶著打錢財官司，因為那些錢票、現金全沒了。曹家控白家謀財害命，白家也舉證，說是澡堂裏洗澡的客人上百位，跟如靖公一道兒進池子的也有十來個人，那地方決不是謀財害命的地方，……

官裏屢次三番查驗過，查不出兇器、屍骸跟一絲毀屍滅跡的跡象，曹家也列舉不出對方謀害如靖公的證據來，這案子一拖再拖，就成了懸案。曹家打那之後，家業便不像往昔那樣興旺了，白家卻一天一天的發達起來。姓曹的瞧不起這個暴發戶，姓白的可也沒把曹家大屋放在眼裏。也許白家還記著多少代之前，活葬他們子女的仇，曹家也不會忘掉如靖公的死，總認為是白家謀害了的。」

事情總歸是在早幾代前發生過的，也許隱藏在事情背後的真實情由，比老曹福傳講的更要複雜，要不然，這疙瘩不會多少代後，還結在曹白兩家後人的心上。白家沒說過曹家大屋的好話，曹家大屋的上上下下，也沒正眼瞧過白家三四個聲勢顯赫的房族，老曹福就該是個活生生的例子。

曹敦文下了大廟前石級，擠過燈影輝煌、人群湧動的方場，朝南街踱過去，老曹福沒牽牲口，有些不情不願的跟隨著。扁大的春月升高後，逐漸變冷變白了，影影綽綽的燈火，把寒傖的街道染出一股子富麗的光鮮來。

人，在這樣熱鬧的上元燈會上，想起這種種的傳說，似乎不是很適宜的，那就彷彿在被花燈映亮的心裏，發現了一塊擦拭不淨的老霉斑，曹敦文仍然弄不清楚，爲什麼好幾代之前留下的那些轇轕，會把自己的心弄得霉霉溼溼的？雖說有些不太甘願，可真擺不脫那種神秘的牽連。

「噯，曹福。」

「曹福在這兒侍候著咧，少爺。」

「很早之前，你跟我說的那些故事——曹家跟白家的故事，都是真的？」

「我雖沒親眼見著，估量也假不了就是啦！」曹福悶悶的說：「晉陽公的那座青石祖墳，你是見過的，白家檔子店和那座澡堂子，如今雖早就不開了，金家老宅子還在，不過現在是白家三房的產業了，兩家打官司的事，鎮上人全都曉得的，曹家跟白家不和睦，不是一天了。」

「你不覺著傳說很害人?·曹福。」曹敦文說：「假如兩家不記這些古老的前嫌，也許會相處得和睦些，你說可不是?」

「我看不容易，少爺，這只是你的書生之見罷了！」曹福說：「你存心抬舉他白家，你得先問問白家肯不肯抬舉你?!旁的咱們不談，就以你少爺這種才學品貌，旁姓旁族送庚帖的，少說也有好幾十家了罷，你問問大奶奶看，有沒有一張是他們白家的?!……白家三四個房族，年輕的姑娘幾十個，難道少爺你全配不上她們?白家瞧不起曹家大屋在先，這是你少爺讀書人，有涵養，換是我曹福，他就是把燈樓搭上天去，我連抬眼全不抬眼。」

「話也不能這麼說，我曹敦文可也沒向白家哪位姑娘求過親呢！白家不會反過來，說曹家看扁了白家?……我這只是比方著的說法。」

「算了，我的少爺。」曹福說：「我這做下人的，不好跟你抬這個槓，你跟大奶奶說得通就成了！老婆不是我娶，我曹福不用多操這份心。」

曹敦文沒理會身後邊老曹福的嘀咕，搭在寬闊的南街口的燈樓把他吸引住了。南街寬而短，兩邊都是白家新建造的房舍，闊闊的門戶，深深的門斗，一體水磨方磚鋪就的平台，整塊條石砌成的台階，顯得出富有興旺的氣概；燈樓橫著街口搭，幾百盞精緻的花燈重疊著，串連著，像一座通明透亮的牌坊，說有多麼輝煌，就有多麼輝煌。

人群從燈樓下方流湧來去，燈樓上面用木板鋪成的騎樓式的閣子裏，滿擠著白家年輕的女孩子，不知是在看著遠處的燈，還是在瀏覽滿街看花燈的人群？指指點點的，不時撒落下一串輕盈的巧笑聲。

三座燈樓連結著，層層疊疊的燈火一直亮到半空裏去，這邊紮的百鳥燈，開屏的孔雀，展翅的鳳凰，兀立的鷹鷲，環形的五蝠，玲瓏的鶯燕，……但凡是鳥雀全有了，各有各的形態，各有各的鮮明透活的顏采。

那邊紮的是走獸燈，有獅有虎，有熊有豹，有子母鹿，有揉樹的靈猴，紮工紮得那樣精巧，不讓於各式的飛禽，正中紮著許多傳說裏的神仙人物，或跨白鶴，或踏雲朵，或扶杖，或橫簫，每一組人物都是那樣的栩栩如生。

「紮得好！」曹敦文獨語似的讚嘆著：「縣城裏最好的紮匠店，只怕也紮不出這樣精緻的燈來。」

「百里方圓，也只有白家的小鳳姑娘，才紮得出這些花燈。」旁邊有個女人搭腔說：「燈雖不是由她親手紮的，卻都是照著她描成的圖樣。」

「燈是紮得夠巧，可惜她托生錯了人家！」老曹福插嘴說：「王大腳，妳這個老不死的巧嘴媒婆，用不著妳在咱們少爺跟前誇她，妳把她誇成天上的鳳凰，照我曹福看，她仍還是地下的烏鴉！」

「唷，我道是誰呢，出口叫我王大腳？」女人扭回頭望著曹福，大驚小怪的叫說：「原來是曹家大屋的福大叔，你怎會委屈兩條腿，跑到白家門口看燈來著？」

「我才不稀罕白家紮的這些燈，我是伺候少爺來的。」曹福說：「妳不覺得，妳在咱們少爺面前，把白家給抬舉得太高了嗎？……她就紮得出世上最精緻的花燈千萬盞，也抵不了曹家大屋門前那兩根老旗桿。」

王大腳這才擠著那雙爛乎乎的紅眼，朝著曹敦文滿臉堆笑說：

「曹大少爺，我這大腳婆子年老眼拙，不該用我的老臭嘴接著貴人說的話，這位白小鳳姑娘，不是我誇，鎮上凡是知道的，沒人不誇她，若論詩書，她也讀了一肚子，若論針線，描花刺繡，無一樣不精，白裏透紅一張俊臉上得畫兒，在白家的姑娘群裏，她是頂尖兒的……」

「有什麼稀奇？」曹福直著脖頸，粗聲的說：「蘆一千，黑一萬，白雞好看不下蛋……女孩兒太白，不肯生孩子，是同樣的道理。」

「哪兒的話?!」王大腳是鎮上專拉縴的老媒婆，也有著一般老媒婆的習性，遇上能撮合的事，決不肯當著人面前輸嘴，一聽曹福這種話，她滿臉麻子全掙紅了，力爭著說：

「人說百福白福，年過半百，娶妻揀白，越白越有福，有福才會早生貴子，哪像你家的福大嬸兒，黑瘦像猴乾兒，你年過半百，男花女花沒一枝，名叫曹福，其實無福，還在那兒有嘴說人家，沒嘴說自己？」

「乖乖隆咚！」曹福說：「人說媒八嘴，媒八嘴，如今妳才一張嘴，我曹福就招架不了啦，要是八嘴齊來，怕不連我也給吃掉？」

「你放心，我老掉了牙，啃不動你那一身拗骨頭。」王大腳咧開沒牙的老嘴，得意的笑出聲來，轉朝曹敦文說：「少爺，你的婚事，多早晚才拿得呀？這半年裏，單是到大屋去送庚帖，我老婆子就跑了八趟了，要是別人，不是我王大腳誇口，一趟說成，從沒跑過二趟，唯獨你家大奶奶難對付，我雖跑了八趟，喜酒也吃不成。」

「老傢伙，妳還想打妳的如意算盤？——有嘴沒牙，連吃帶拿？」曹福嘲笑說：「不信妳再跑八趟試試？咱們少爺要娶月裏嫦娥，妳空有一雙大腳板兒，終竟是上不了天的。」

「用得著上天嗎？」王大腳說：「大少爺要是見著了白家的小鳳姑娘，只怕連嫦娥都不要了呢！」

「敢情妳夢見過嫦娥？」曹福笑說：「跟妳一樣的長相。換句話說，小鳳平頭整臉，兩眼不帶紅邊，臉上沒有坑凹就是了。」

「你睜開眼自己瞧瞧罷，老曹福，」王大腳朝那邊呶呶嘴說：「西邊門斗子底下，排著朝左數，那第三個，就是小鳳，你看她長相，像我不像我?!」說這話時，嘴雖對著老曹福，一雙眼卻瞟在曹敦文的臉上。

那個並沒聽見老媒婆王大腳的話，他正傻傻的朝門斗子下面的平台上望著。門斗子上也吊著幾盞粉色的荷花燈，究竟是燈光映紅了人臉？還是人臉染紅了燈色呢？在一排併肩站立的姑娘群裏，就數她最出色，彷彿要從那種黝黯的黑門背景中飛出來似的，他一眼就給看迷了。

這姑娘最多不過十七八歲年紀，身上穿著藕花色織錦的緊身襖子，領袖和大襟上，一路滾著寬寬的黑鑲邊，龍長瓜子臉，挺挺直直的俏鼻梁，額上覆著疏疏的彎瀏海，油鬆軟活的一條大辮子，順著柔和的肩胛垂下來，辮梢的黃蝶棲歇在她微凸的胸前；她的美，不光是美在容顏和體態上，更有一種出奇的嫻雅和溫柔，從她舉手投足的動作中和她輕輕盪漾的笑容裏透發出來，灼灼的照著人。

那女孩光景也看見有人在打量她，她流盼生姿的黑眼瞳，梭似的閃了一閃，落在曹敦文的臉上，這卻使得先偷眼窺人的曹敦文不好意思起來，故意背起手，輕輕咳嗽一聲，腳下微微踱動，掉轉臉去，望著遠處的燈。

他原想低聲問一問那女孩是誰？誰知王大腳那個老媒婆早已擠過去，跟白家的那群女孩打起交道來了。

「王大腳剛剛誇的，約莫就是她罷？」他找不著老媒婆，只好跟曹福說話。

「不錯。」曹福說：「她叫白小鳳，是白家長房白姨奶奶跟前的掌珠，王大腳剛剛跟我說的。」

「這女孩俊極了！」

「怎麼？少爺看了幾年的燈，沒遇上一個中意的，」曹福說：「這回你瞧上的女孩，偏偏是白家的人，親事定不成，你只好望梅止渴，多看她幾眼算了！」

許多手提的花燈搖曳著，從曹敦文的眼前飄過去，老曹福的話對於他，也輕飄飄的沒有份量；天知道曹家跟白家真有什麼過不去的地方?!也許當年魏武帝曾經殺過的人裏有人姓白？或是曾經坑過四十萬趙卒的大將白起，也曾殺過姓曹的？……上一代的人和事，跟眼前究竟有多大的關聯呢？那些傳說裏的轇轕，使他不舒服起來。

「我說少爺，你不看她，她們卻在那兒指手劃腳的看起你來了。」曹福說：「我早就料準了，媒婆王大腳不肯死心，這個縴，她會硬拉到底的。不過，我看她是白費精神罷了。」

正如曹福所料，媒婆王大腳從沒死過這條心。

曹白兩家有轇轕，王大腳可比曹福更清楚，白小鳳這張牌，她早就扣在手底下，沒敢冒冒失失的朝外打。其實，若講曹白兩家論婚嫁，白小鳳那位大權在握的母親白姨奶奶，暗地裏是一百個情願的。她是長房當家的人，當然不會把這心意放在臉上，萬一曹家大屋不給姓白的留面子，把庚帖給退了回來，那可滅了白家威風，永把話柄留在曹家手上，到那時，曹大奶奶也許會這麼說：

「白家怎樣？女兒爭著送上門，我照樣給回掉了！」

正因為有這層難處在，媒婆王大腳才成了白姨奶奶的好相知。白家依恃的是錢財，曹家大屋標榜的是老書香門第，兩家都頭昂昂的僵持著，誰也不願先找對方開口，多少代人就這麼一直僵持過來了的；如今白姨奶奶既然有了這份軟活勁，王大腳把兩隻腳板丫兒跑扁了也是願意的，假如居中費唇舌，能把這門親事撮合妥當，老媒婆下半輩子的吃喝，就不用再發愁了。

王大腳常跑曹家大屋，也轉彎抹角的探聽過許多；曹大奶奶死硬到底，決意不考慮白家的閨女，可是曹家這位少爺對白家並沒成見，他是要自己挑揀，每年上元節燈會時，他都備了牲口，興致勃勃的到鎮上來看熱鬧，面子上說是看花燈，暗地裏卻是在相人；她把這個秘密透露給白姨奶奶，白家才不惜花費，慫恿著小鳳姑娘描圖樣，大搭燈樓，說來這主意也還是王大腳想出來的。

「精緻的花燈紮它幾百盞，不怕曹家的鰲魚不上鉤，」王大腳跟白姨奶奶這麼說過：「曹家的男孩只要看上小鳳，這邊再把大紅庚帖給送上門，要爭，讓她兩母子爭去，要拗，也讓她兩母子拗去，她曹大奶奶能拗得贏外人，未必拗得贏她自己的兒子。」

「要依曹大奶奶那個性子，她還是會退帖的。」

「退帖怕什麼?兒子一鬧，怕她不倒過頭來，再低聲下氣的跑來求婚?!」

白姨奶奶和王大腳之間的密議，莫說曹家和白家不知道，連曹敦文和白小鳳兩個當事人，也都被蒙在鼓裏，所以當王大腳指著燈樓底下說，曹家大屋的少爺竟也來白家燈樓看燈時，白小鳳首先就吃了一驚。

人在閨閣裏長大，外間流來的傳聞總是剪不斷的，早就聽說過座落在河口的曹家大屋，賣花樣的婆子形容過那海深的大宅院，一進一進的假山盆景，異卉奇花，……也聽說過曹敦文的才名，和他神童的稱譽，她不止一回，把一縷令人臉紅心跳的神思，密密的縫在繡架上緊繃著的繡幅上，或是零零星星收藏在夢裏筐籃裏。

如今，她總算看見這位少爺了。

搖閃的花燈，攪起一街光的波浪，他就在那波浪裏站立著，滿街的人群在她一剎投視中，化成一些遠遠淡淡的影子，都變爲他的陪襯了。討厭的燈籠總在微微旋轉中迸起一些光刺，使她不能在匆促的流盼裏仔細看清他的臉，但從那種或明或黯的幻光中，她已能覺出，他是她所見過的最俊美的年輕人，他的身材是修長瘦削的，像白鶴那樣脫俗超塵，沒染上一絲讀書人的酸迂氣，他瀟閒的意態，更是灑脫迷人，一領合體的深藍色罩袍，映出他白皙的膚色，別有一種勻稱的光鮮。

這樣一個文而不弱的美書生，正是她常常冥想的，她雖只匆匆的望了他兩眼，心裏就慌慌的跳了起來。

「真沒料著，曹家大屋的少主人，竟會到白家門口來看燈?!在平常，他們兩眼是生在頭頂上的。」

「他不但來看燈，還誇說鳳妹妹的花燈紮得巧呢，妳們沒聽王大腳說：他說話全像唸詩似的，搖頭晃腦。」

曹敦文這個引人注目的人物出現在白家門口，經王大腳跑來一指劃，白家那些姐妹淘的議論可就多了，有人提起神秘恐怖的曹家大墳，有人說起曹家大屋前那兩根旗桿的來歷，也有些跟小鳳逗趣，說他哪是看花燈，十有八九是來看人的……

捺不住的那種心慌，白小鳳推門跑進屋裏去了。

曹敦文再抬眼，那邊少了那個姑娘，整個門斗子底下就顯得黯淡了許多，儘管滿街的花燈仍然飄來盪去，一盞盞彷彿也都變得睡眼惺忪，沒有剛剛那種精神啦。

「我們也該走了罷?」他跟曹福說。

「我沒說要在這兒留著，少爺。」曹福仍然用濃濃的鼻音說：「人全叫你看跑了，現在不走，難道當真守著這些花燈過夜嗎？」

「甭再賣嘴了，」曹敦文岔開話題說：「牲口要真啃掉大廟裏的梧桐樹皮，和尚能把你的臉罵得跟驢臉一樣長，信不信由你。」

鑼鼓聲使春夜無風的大氣微顫著，花燈正上得繁密，虎頭瓦被覆著的長廊下面，走馬燈緩緩的旋著歷史上的故事，街童們牽著兔兒燈跑過，一面唱著短短的、快活的謠歌。

也不知怎麼的，自從一瞥見那穿藕色襖子的女孩兒，曹敦文就覺精神有些恍惚，彷彿失落了魂魄，眼裏燈也不是燈，都是那女孩的笑臉。

很多笑語聲朝自己擲過來，那女孩進宅去，料想不會再出來了，老曹福說的不錯，總不能守在燈樓邊過夜？還是走罷。

「甭唉聲嘆氣的不說話，少爺。」曹福跟在後面說：「你沒見王大腳那麼熱切？曹家跟白家雖說不怎麼對勁兒，有她居中綴弄，白家也許就會把合婚帖子送上門來的，那時刻，只要你肯跟大奶奶說幾句好聽的話，希望倒不是沒有。不過……」

「不過怎樣？你甭吞吞吐吐的，曹福。」

「不過……這話我也不好講，」曹福說：「如今八字還沒一撇呢，等到白家送合婚帖子來時，大奶奶她，自會跟你說明白的。」

「我真不知你這葫蘆裏賣的是什麼藥?!」曹敦文發急說：「有什麼大不了的事，不好跟我講？」

「總而言之一句話，白家的女孩，——尤獨是白小鳳這支房族的女孩，千萬娶不得。」曹福說：「記得剛剛我跟你講過，我這是講第二遍了！」

「娶得娶不得，總要有個道理，不是憑空說的。」

「你實在要問，我只好說一點兒，」曹福咳嗽幾聲，吐了口痰說：「有人說過，白家是個白虎窩，嚇得男人打哆嗦，白虎命硬，主剋夫，不信你各處打聽打聽，上幾代他白家的女婿，有幾個活過四十的？不是虧，就是癆，一個個全叫剋掉了。」

「我不信這個說法。」曹敦文說：「白家女孩是白虎，你怎麼會知道？」

「嗯？嗯！這個……也不過是聽人說的。」曹福扮了個苦兮兮的笑臉，攤開手說：「反正男白陽淺，女白毛疏，猜也猜得著的。」

「我說曹福，你是越老越烏糟，越說越不像話了。」

「我是粗人講粗話，」曹福脹粗脖子爭辯說：「我這個意思，換你少爺，用文雅話該怎麼說法兒？我曹福熱心過火，你若不叫我說，我就省點唾沫星兒，不說了！」

兩人在街上的人群裏擠著走，月光變得皎潔起來，拎著燈的人影都是成雙的，動的是燈火，靜的是月光。曹福果真有點兒記性，一路憋著沒再說話，走過方場，他快步撇下曹敦文，獨自進廟牽牲口去了。

一個在曹家大屋活了大半輩子，眼看著曹敦文長大的老長工，在少爺跟前說話，從來沒有顧忌！兩人剛一離了集鎮，曹福憋不住，可又說話了。

「少爺，你看我這個老糊塗罷，跟你爭有什麼爭頭？掙得臉紅脖粗像鬧乾結，那才真不像話咧！……從來婚姻的事情，全是由月老拴紅繩子的，我插上一槓子，把月老往哪兒擱？你愛娶誰就娶誰，反正：十樣人，一樣貨，上下合成一盤磨，你娶白小鳳也成，只要……」

「剛剛是由『不過』起的頭，」曹敦文說：「如今你又吞吞吐吐的『只要』起來了，只要怎樣？你說罷，把話悶在心裏，橫豎不舒坦。」

「嗨，我想來想去，不能不跟你說，——只要你不嫌她那股子蔥花油鹽味。她那房族，據說是臭骨頭！你要是不信，回去問問大奶奶。」

「倒不是不信，」曹敦文暗暗噓了口冷氣說：「不知這話是誰先傳出來的？臭骨頭得要有人嗅著才算數。」

「我沒嗅著，不敢打謊。」曹福取出小煙袋，吸上一鍋煙說：「但凡有人傳說這回事，多少得有些影兒，是不是呢？少爺。」

牲口在月亮地裏走著，曹敦文心裏的霉斑大了一塊，他實在不敢相信老曹福所說的話，爲什麼白家那支房族會是臭骨頭？也許是曹家大屋的下人全都恨著白家，故意揑造出是非來，胡亂糟蹋姓白的，要不哪會這麼巧，又是這又是那？至少，老曹福這樣嘮嘮叨叨的貼耳嘀咕，把人剛剛得來的那些美麗的印象和冥想，都給破壞了。

在鄉野上一般人的意識裏，臭骨頭似乎比不祥的白虎還要嚴重得多，看樣子，就算她王大腳真的跑扁了腳板，這宗親事十有八九也是說不成的了。

白小鳳的生庚八字，真的由王大腳送上門來了。曹大奶奶沒有當面退掉，卻把那張大紅庚帖按照古老的習慣，壓在堂屋當間祖宗牌位前的香爐底下。

「沒料到，真沒料到！」她這才轉臉堆笑跟媒婆說：「我以爲白家發達上天了呢，原來眼裏還有姓曹的？可見曹家門前兩根風吹雨打的老旗桿，還沒破落到只能當成柴火燒。」

也許正因爲要在媒婆面前吐一吐久鬱在心裏的悶氣，她才留下紅庚帖的罷？王大腳是最會見風轉舵的老婆子，一順住大奶奶的話音兒，就熱乎到這一頭來啦。

「我說，大奶奶，妳這是哪兒話？曹家是什麼樣人家?!大拇指伸出來，也粗過白家的腰眼，空有錢財十萬貫，換不著曹家大屋這樣的祖業功名。……只怕白家姑娘福薄，配不上大少爺呢！」

曹大奶奶用笑瞇瞇的臉，兜了王大腳的奉承，這才端起水煙袋，坐正了身子，閒閒的問說：

「這是白家哪個房族送來的帖子？」

「啊，是長房白姨奶奶的千金，麻袋裝錐子——漏尖兒的人物。」王大腳又把米湯潑足了說：「這小鳳姑娘，不是我在吹噓，——我大腳婆子這張笨嘴，把美也會給誇拙了呢！她小小年紀，描龍是龍，繡鳳是鳳，日常針線更快得很，狗咬一場架，她就能縫妥一條褲子。論文才，當然不能跟妳家少爺比，可也入過塾，攻過書，一筆字秀氣得像一汪水。清清爽爽的，橫豎成行！」

曹大奶奶穩沉得很，王大腳翻動嘴唇皮，說了一大堆的話，她只管咕咕嚕嚕的吸著她的水煙，一直等到對方把言語說盡了，她才打鼻孔裏哼出兩道青煙來說：

「不知道妳聽說過沒有？白家那一個房族，鬧這個……」

她從腋下抓了一把，放在鼻尖上做個樣子，再皺起眉頭說：

「這事我可不能不事先打聽打聽，要真是臭骨頭，她就美得賽過天仙也不成，倒不是我不給白家的面子。」

「有這等事情？我……我可沒聽講過。」王大腳眨著爛紅眼說：「大奶奶，妳想想，我是靠做媒拉縴吃飯的人，要是事先風聞有這回事，我有天大的膽子，也不敢把這張庚帖送上曹家的門！」

「這哪能怪著妳，我不過問一聲罷了。」

「依我看，也不至於就……」王大腳嚥了唾沫說：「我寒冬炎夏的，也常在白家宅子裏走動，從沒嗅著那種蔥韭荄蒜的氣味，照理講，有這個的人家，終究是瞞不了人的。」

「這可拿不準的。」曹大奶奶說：「有人成天在腋窩下面塞著兩個剝了皮的饅頭，有多大的氣味吸不掉？……二天把饅頭扔到屋後，狗聞著狗全躲得遠遠的。」

「還是大奶奶妳見多識廣，」王大腳搖頭讚嘆說：「我這大腳婆子很少聽說過，想必是臭得挺兇了？」

「腋臭只是騷狐臭，不算臭骨頭，真正臭骨頭，還是韃子留下來的變種，」曹大奶奶低低的，無限神秘的說：「有這種遺傳的人家，有很多地方跟我們漢人不一樣。」

「什麼地方不一樣呢？不都是一個鼻子兩隻眼?!」

「我也是自小就聽人傳講過的，」曹大奶奶吹掉水煙袋上的煙灰，慢吞吞的說：「那種人，腳板心有個小洞，一直通至腳骨，臭氣就是打那小孔裏放出來的。說是早年有個閨女臭骨頭，開初纏腳時，不留心把一顆黃豆粒兒纏進腳丫去了，她怕人聞著臭味，多年不解裹腳布，臨到上花轎的頭天夜晚，她才解開裹腳帶子洗腳，解開來一瞧，老天爺，腳心腳背都爛掉了，一根白白的腳筋盤在爛肉上，後來發現那不是筋，是一莖一尺多長的豆芽菜……幸虧那夜她洗了腳，要不然，只怕還會長出一把豆莢兒來呢！……除了腳板心有小孔，凡是臭骨頭，耳屎都是稀的，這更是百靈百驗的事情。」

「也許害耳朵的人，有膿臭。」王大腳說：「我見過害耳朵的人，說話也都有一股臭氣。」

「嗐，就算這容易弄混了罷，臭骨頭的小拇腳趾，也跟漢人不一樣。」曹大奶奶又抽上另一袋煙，呼嚕一陣子說：「咱們一般人的小拇腳指，又歪又厚像個小螺絲，臭骨頭的小拇腳指，又薄，又正，又平，像是手指甲一樣，這可是沒錯兒的了。」

「啊噢，」王大腳心事重重的噓了口氣，叫說：「我的菩薩媽媽，一個臭骨頭，竟也有這樣多的精品？有句話，我還得問問大奶奶，我聽說，男女成婚，一方要是臭骨頭，單看兩人有緣沒緣，沒緣，對方捏著鼻子走，有緣，就算有天大的氣味也聞不著，不知這話真假？」

「不錯，這話倒是真的，要不然，臭骨頭怎會娶的娶嫁的嫁來?!」曹大奶奶說：「所以我替敦文說親事，事先一定要弄明白。」

「其實妳也犯不著操這份心，」王大腳說：「白家這位姑娘，是不是如人所傳的是臭骨頭，即使有呢，也得看緣份，比如說，天定她跟大少爺有夫妻之緣，他聞不著就得了，不是嗎？——人力斷不了天緣。」

「妳說這話，打哪兒想起來的？」曹大奶奶惱惱的說：「跟一個臭毒毒的女人同床共枕過一輩子，誰能忍受得了？妳說?!」

「嗨呀，大奶奶，不是我說妳，像我這雙大腳板丫子，雖不是像臭骨頭那樣蔥汁兒蒜泥味，好也好不到哪兒去，我家那個糟老頭子偏愛扳著聞嗅，硬說吸板煙也沒有聞腳丫過癮呢！這可不是『緣』？人有句粗話說：夫妻夫妻，上床就亮東西，哪管什麼頭香腳臭的？」

「我簡直跟妳說不通了，王大腳。」曹大奶奶有些啼笑皆非的味道：「人娶臭骨頭進門，不光是夫妻倆投緣不投緣，日後子孫變了種，腥羶撲鼻，那可怎麼得了?!……妳沒聽人說過，說是有人娶妻，一娶娶了個臭骨頭回來，夜晚進洞房，祖宗亡人的陰魂露立在房門口，嗚嗚的哭了三夜，咱們漢人最重骨血，亂不得，亂了，祖上在地下全不安心！」

「了不得，大奶奶，妳把事情說得這樣重法，我看，我這大腳婆子想吃這杯喜酒也吃不成了！」王大腳說：「我總不能替那位小鳳姑娘去挖耳屎，扳起她的腳心去找那小洞，……這可不是個難題目?!」

「難題目用不著妳勞神。」曹大奶奶說：「我在請人合婚之前，先把這張庚帖壓在祖宗牌位面前，然後等著徵兆，她要真是臭骨頭，曹家地下的祖先必不樂意，那時，我會要曹福把帖子給退回去，她要不是臭骨頭，那時就依照雙方的生庚去合婚，……這話我只是對妳說，用不著透露給白家。」

「好罷。大奶奶。」王大腳說：「這些日子，我得空常來走動就是了，人說媒八嘴，媒八嘴，兩頭攪茶飯，一肚子裝油水，這一回，我看我光景是：爲了一張嘴，跑斷兩條腿了！」

王大腳這老媒婆跟曹大奶奶講的話，老曹福蹲在門檻兒上聽著，全都轉傳到曹敦文的耳朵裏去了。

上元節後天氣轉暖，書房外的園子裏透著一片春意，但人卻容易懶散多愁。

「少爺，我看你趁早死了這條心罷，」曹福說：「大奶奶設下五關六將，我看她一點兒也沒想跟白家說妥這一門親，王大腳再能，她也比不得關雲長，一關全闖不了，甭說闖二關了。」

「依你看，曹福，大奶奶既不願跟白家結親，何苦又要把人家送來的庚帖留下來呢？」

「這……這我怎麼曉得?!」曹福說：「除非你自己去問她。」

沒輪著做兒子去問呢，大奶奶便著人傳喚曹敦文去，跟他說：

「白家前天送庚帖來，是他們長房白姨奶奶跟前的獨生女兒。白姨奶奶是小星，後來也沒扶正；如今雖替長房當家，終竟名位偏；我怕她閨女也會薄福無嗣，頭一宗就不太中意。再說，外面盛傳白家這一支，骨血不乾淨，昨夜你爺爺你爹來托夢，全搖頭不樂意，因此我也沒跟你再商議，業已要曹福把庚帖退給王大腳去了！……萬一白小鳳她是……不但害你一輩子，連子孫都受累。」

天氣很晴和，也暖洋洋的，曹敦文卻覺得渾身有些發冷，勉強掙扎著，跟做母親的說：

「您退白家的婚帖，該不是爲了兩家祖上曾經鬧過的那些轇轕罷?曹家大墳埋過白家的活童男和活童女，白家澡堂裏失蹤過高祖如靖公?……其實，那些事離我們很遠很遠了呢。」

「我哪會爲那些事?」曹大奶奶說：「我退回他們的庚帖，無一處不是爲你著想，還有更多說不開口的事，你日後會都知道的……，白家女孩個個剋夫，我會眼睜睜讓她進門剋你?那樣一來，何止上代的轇轕，日後轇轕更沒完了!退掉這張庚帖，曹家大屋落得清靜。」

做兒子的抖抖袖子，把抖落的白綾水袖重新仔細的捲上，空氣有些僵硬，也許因爲曹敦文那種不自然的沉默維持得太久的緣故？爲了打破這種僵硬，曹大奶奶又拾起水煙袋，悶悶的吸起水煙來，呼嚕嚕，呼嚕嚕，一陣煙雲接著一陣煙雲。

真正的轇轕，她永遠也不會對兒子去說，——幾十年前，她做姑娘的時候，在小門小戶的姬家村，她的庚帖也曾在白家長房的香爐下面壓過，如果當時白家不退帖，哪還會有白姨奶奶這個妖精？她跟小鳳的父親在上元節的花燈會認識而且有了情，白家挫辱她，她就把這挫辱報在小鳳的身上。

二年上元節，曹敦文吐血死在病榻上，白小鳳嫁給縣城裏姓石的大戶，沒聽石家有誰說她命不好，說她骨血不純淨。她生頭胎時，一胎兩個男孩，而曹敦文的墳上早已生遍了青草……。

每年都有熱鬧的元宵節，都有推陳出新的花燈，點綴著在大氣裏初初躍動的春，而那種在鄉野上發生的古老的傳聞，總是這種調子，有一些些兒浪漫，又有一些些兒哀沉，但那總遙遠得無關緊要的了。

司馬中原經典復刻版

紅絲鳳

作者：司馬中原
發行人：陳曉林
出版所：風雲時代出版股份有限公司
地址：10576台北市民生東路五段178號7樓之3
電話：(02) 2756-0949
傳真：(02) 2765-3799
執行主編：朱墨菲
美術設計：吳宗潔
行銷企劃：林安莉
業務總監：張瑋鳳

版權授權：司馬中原
初版日期：2018年7月
ISBN：978-986-352-562-2

風雲書網：http://www.eastbooks.com.tw
官方部落格：http://eastbooks.pixnet.net/blog
Facebook：http://www.facebook.com/h7560949
E-mail：h7560949@ms15.hinet.net
劃撥帳號：12043291
戶名：風雲時代出版股份有限公司

風雲發行所：33373桃園市龜山區公西村2鄰復興街304巷96號
電話：(03) 318-1378
傳真：(03) 318-1378
法律顧問：永然法律事務所 李永然律師
北辰著作權事務所 蕭雄淋律師

行政院新聞局局版台業字第3595號 營利事業統一編號22759935

定價：240元

國家圖書館出版品預行編目資料

紅絲鳳 / 司馬中原著. -- 臺北市：風雲時代, 2018.03
面； 公分. (司馬中原經典復刻版)

ISBN 978-986-352-562-2 (平裝)

857.63 107003415